ट्वीट कहानियाँ

ट्वीट कहानियाँ

डॉ. लता कादंबरी गोयल

प्रभात पेपरबैक्स
www.prabhatbooks.com

इन सभी कहानियों के पात्र पूर्णतः काल्पनिक हैं,
जिनका किसी भी जीवित या मृत व्यक्ति से कोई संबंध नहीं है।
किसी प्रकार की साम्यता महज एक संयोग होगा।

प्रकाशक

प्रभात पेपरबैक्स

4/19 आसफ अली रोड, नई दिल्ली–110002

फोन : 23289777 • हेल्पलाइन नं. : 7827007777

इ–मेल : prabhatbooks@gmail.com ❖ वेब ठिकाना : www.prabhatbooks.com

संस्करण

प्रथम, 2019

मूल्य

एक सौ पचहत्तर रुपए

अ.मा.पु.स. 978-93-5322-170-6

मुद्रक

आर–टेक ऑफसेट प्रिंटर्स, दिल्ली

TWEET KAHANIYAN
stories by Dr. Lata Kadambari Goel

Published by **PRABHAT PAPERBACKS**
4/19 Asaf Ali Road, New Delhi-110002

ISBN 978-93-5322-170-6

₹175.00

मेरे प्रिय राकेश को समर्पित,
जिनके सीने पर सिर रखकर
मैं रोई भी और हँसी भी बहुत।

इस पुस्तक के सुंदर चित्रांकन का कार्य बड़ी लगन,
निष्ठा एवं प्रेम के साथ मेरी किशोरवय पुत्री 'कादंबरी' ने किया।
मेरी कल्पनाओं को साकार रूप देने के लिए उसने जो श्रम किया है,
उसका धन्यवाद देने के लिए मेरे पास शब्द नहीं हैं।
पर इतना सच है कि
संवेदनाओं के चेहरे एक से होते हैं, ईश्वर तुम्हें निरंतर प्रगति मार्ग
पर प्रशस्त करे, तुम निरंतर नई ऊँचाइयों को छुओ,
मेरी ईश्वर से तुम्हारे लिए
यही प्रार्थना है।

समीक्षा

डॉ. लता कादंबरी एक व्यवसायी हैं, परंतु लेखिका भी हैं। मेरा संबंध उनके लेखन संसार से है। उन्होंने कविता, कहानी, रिपोर्ताज, यात्रा-वृत्तांत, लेख आदि लिखे हैं तथा उनकी पहचान लघुकथाकार के रूप में होने लगी है। उनका पहला लघुकथा संग्रह 'बोनसाई कहानियाँ' वर्ष 2015 में छपा था। इसमें उनकी 216 लघुकथाएँ हैं। अब इनका यह दूसरा लघुकथा संग्रह प्रकाशित हो रहा है और इसमें उनकी 85 लघुकथाएँ हैं। इधर दो लघु विधाएँ बहुत प्रचलित हैं—लघुकथा और हाइकु। हाइकु जापानी दोहा है, परंतु हिंदी ने अनेक हाइकुकार हाइकु लिख रहे हैं। हाइकु चूँकि विदेशी काव्य-विधा है, अतः उसके मर्म को समझना आवश्यक है। लघुकथा तो भारत की ही विधा है और यह कथा-वंश की ही संतान है। अतः उसे लिखना आसान है, क्योंकि इसमें रोजमर्रा की हृदयस्पर्शी घटनाओं, प्रसंगों एवं परिदृश्यों को अत्यंत संक्षिप्त शब्दों में व्यक्त किया जाता है। हिंदी में उपन्यास, कहानी, लघुकथा एक ही वंश की संतानें हैं, लेकिन लघुकथा अपने सीमित शब्दों के कारण रचना के समय सिद्धहस्त कौशल घटनाएँ होती हैं, जिन पर उपन्यास, कहानी और लघुकथा लिखी जा सकी हैं, परंतु; लेखक का यह कौशल है कि वह इसे पहचान दे कि; कौन सा प्रसंग, कौन सी घटना लघुकथा के अनुरूप है। यदि यह रचना-कौशल नहीं है तो इसके अभाव में लिखी गई लघुकथाएँ भी निरर्थक शब्दों का जंजाल बनकर रह जाएँगी।

डॉ. लता कादंबरी की लघुकथाएँ मैं पढ़ गया हूँ। उनमें लघुकथाकार के गुण हैं तथा जीवन की विविध मार्मिक घटनाओं पर उनकी बारीक दृष्टि है। लघुकथा जीवन की सच्चाई बताती है और ऐसी सच्चाइयाँ लताजी की

लघुकथाओं में मिलेंगी। जीवन को हम सब देखते हैं, परंतु उन्हें रचना में उतारना आसान नहीं होता। लघुकथा में जो कथा का तत्त्व है, उसे रचनाकारों को भूलना नहीं चाहिए। इस लघुकथा संग्रह में कुछ लघुकथाएँ इसी कोटि की हैं, जो अपने साथ कथा के तत्त्वहं के साथ लिखी गई हैं। मैं डॉ. लता कादंबरी को इसके लिए बधाई देता हूँ और आशा करता हूँ कि वे लघुकथाएँ लिखती रहेंगी और एक दिन मास्टरपीस लघुकथा की रचना अवश्य करेंगी।

—कमल किशोर गोयनका

उपाध्यक्ष

केंद्रीय हिंदी शिक्षण मंडल, आगरा

मानस संसाधन विकास मंत्रालय

भारत सरकार

समीक्षा

आज के समय में 'लघुकथा' साहित्य की सबसे लोकप्रिय विधा है। सच्चाई तो यह है कि अपने अफरा-तफरा से भरे जीवन में लोगों के पास लंबी कहानियाँ या सुदीर्घ उपन्यास पढ़ने का समय नहीं है। यों भी टी.वी. और सोशल मीडिया की वजह से पढ़ने की आदत कम होती जा रही है। लेकिन कोई भी व्यक्ति अपने समाज, समय और साहित्य से कटकर नहीं रह सकता। विशेषत: साहित्य से, जो कि हमें सामाजिक यथार्थ और वर्तमान समय की प्रवृत्तियों और मूल्यों के गुण-दोष परखने की समझ देता है। 'लघुकथाएँ' चूँकि विचारों की वाहक होती हैं, इसलिए 'नावक के तीर' की तरह लक्ष्य भेद करती हैं।

लेखिका लता कादंबरी ने अपनी प्रतिभा और ऊर्जा का रचनात्मक उपयोग अधिकतर लघुकथा लेखन में किया है और अपने इस प्रयास में वे कितनी सफल रही हैं, इसका पता इस बात से चलता है कि अल्प अवधि में ही उनका दूसरा लघुकथा संकलन प्रकाशित हो रहा है। मुझे विश्वास है कि पहली पुस्तक की तरह ही यह संकलन पाठकों और साहित्य-मर्मज्ञों की सराहना अर्जित करेगा। अभी हाल में ही प्रतिष्ठित साहित्यिक पत्रिका 'हंस' में प्रकाशित हुई लघुकथा 'गिद्ध' की मुक्तकंठ से सराहना हुई है। यह कथा इस संकलन में भी सम्मिलित है।

चूँकि लता कादंबरी जीवन के छोटे-बड़े मार्मिक अनुभव और मर्मस्पर्शी घटनाओं के आधार पर लघुकथाओं का सृजन करती हैं, इसीलिए उनका लेखन पठनीय और प्रभावी है। इस संकलन में गिद्ध, गुलाम, पहली चोरी,

यादें, आधा घरवाला, रोबोट चाइल्ड, सॉरी ममा जैसी अनेक कथाएँ हैं, जो पाठक के दिल और दिमाग पर गहरा असर छोड़ सकने की विशेषता रखती हैं।

आशा है, लता कादंबरी इसी तरह अपना समाजोन्मुख और विचार-संपन्न लेखन जारी रखेंगी।

—राजेंद्र राव

समीक्षा

सृजन से बढ़कर कुछ नहीं, सृजन से खूबसूरत भी कुछ नहीं, रातों की नींद उड़ा देता है यह सृजन, पर जब कल्पनाओं का सागर छलकता है, तब सृजन से आसान कुछ भी नहीं।

सृजन में होता है संवेदनाओं का भंडार, खुशी और गम के अनकहे पैमाने। ऐसे ही कुछ खुबसूरत पैमाने दिखे हैं मुझे डॉ. लता कादंबरी गोयल की लघुकथाओं में।

पुस्तक में लेखिका निर्भीकता से अपनी बात कहने का दमखम रखती है। कल्पनाशीलता उसका औजार है। घटनाएँ आस-पास की हैं, लेकिन जब लघुकथा की शक्ल में आती हैं तो बिजली के झटके दे जाती हैं। जागरूक होने के नाते लेखिका विसंगतियों को दर्शाती है व मौका पाते ही उन पर कुठाराघात करने से नहीं चूकती है। साहित्य आपके लिए महती सरोकारों की तरह है। लेखिका को बालमन की भी समझ है तथा आमजन के मन को भी समझती है। लगभग सभी कहानियाँ आकार में छोटी होते हुए भी अर्थ की दृष्टि से बड़ी हैं।

इनकी मर्मस्पर्शी अभिव्यक्ति से मैं चमत्कृत हूँ। इन लघुकथाओं को इक्कीसवीं सदी की नीति कथाओं की श्रेणी में भी रखा जा सकता है। बदले हुए आधुनिक युग में बच्चों तथा युवाओं की अनेक समस्याओं का समाधान लेखिका के पास है।

लगभग पाँच हजार सालों से उपेक्षित इस विधा को पुनर्जीवित करने के लिए आप प्रशंसा की पात्र हैं।

बदले हुए समय में स्वस्थ समाज के लिए आपस में समायोजन कैसे

स्थापित किया जाए, पुस्तक में इस बात पर भी चर्चा होती दिखाई देती है। इस पुस्तक में अनेक जगह मानवेतर पात्र भी दिखाई देते हैं, जो लेखिका की लेखकीय कुशलता को दर्शाते हैं।

लेखिका कहीं पर भी पाठकों पर अपने विचार थोपती दिखाई नहीं देती। वह सवाल उठाकर, उसका उत्तर पाठकों से कहलाती है, यही कहानी का अंत उसकी विशेषता बन जाती है।

कभी स्त्री होने के नाते तो कभी अलग वर्ग के कारण आपके विषय वृहद् हैं। कथ्यों में नवीनता है। चरित्रों में कहीं पर भी दोहराव दिखाई नहीं देता है। आपके लेखन में हृदय की सरलता, बुद्धि की क्षमता तथा मानव समाज के उत्थान के लिए चिंतन दिखाई देता है।

कहानियों के अधिकांश शीर्षक जिज्ञासा उत्पन्न करते हैं। सबसे बड़ी बात इस पुस्तक के पाठक हमारे आपके मित्रबंधु हैं, जिनका साहित्य से कोई खास सरोकार नहीं है। मुझे पूर्ण विश्वास है कि यह संग्रह नब्बे साल के वृद्ध से लेकर पाँच साल तक के बच्चों को पसंद आएगा।

नन्ही गौरैया सी इन ट्विट कहानियों को हम चलते-फिरते पढ़ सकते हैं तथा पुस्तक के अंतिम पृष्ठ तक हमारी रुचि बराबर बनी रहती है।

बहुत सालों बाद हिंदी में ऐसा उपयोगी व स्वास्थ्यवर्धक लेखन दिखाई दिया, इसलिए डॉ. लता कादंबरी गोयल को बहुत-बहुत बधाई!

श्री तिलक

(श्री तिलक)

समीक्षा

Hi Kadambari, I read Bonsai Kahaniyan. I liked the themes and the way the stories were narrated. If your mother continues with this and edits and fine-tunes new themes, it will be good. She will find appreciation among a wide circle of readers.

Sathya Saran

(Sathya Saran)

हृदय-स्पंदन (अपनी बात)

जीवन की अव्यक्त अभिव्यक्ति को व्यक्त करने का प्रयास करती मेरी ये छोटी-छोटी 'ट्वीट कहानियाँ' अब आपके हाथों में हैं। इन कहानियों के माध्यम से मैंने जीवन की छोटी-छोटी लेकिन महत्त्वपूर्ण समस्याओं को सुलझाने के लिए जिंदगी का ताना-बाना बुनने का प्रयास किया है। इन कहानियों के कथ्य कैसे है? फंदे कैसे पड़े हैं? बुनावट कैसी है? कहानियों का भाषा-संयोजन कैसा है? यह देखना अब आपका काम है। वैसे भी चिड़ियों के समान ये कहानियाँ भी चहककर ट्वीट-ट्वीट कर रही हैं। मानो ये हम सबको अपने पास बुला लेना चाहती हैं।

छोटी सी गौरैया···छोटे उसके चूजे। इसी प्रकार छोटी-छोटी कहानियों की छोटी सी भूमिका।

—डॉ. लता कादंबरी गोयल

अनुक्रम

बूढ़ा-बुढ़िया

बुढ़िया बोली बुड्ढे से—"हाय, हाय नसीब फूटे हैं मेरे, बेटा होता तो बहू आती, गोल-गोल गालो' को घुमाते हुए, गिल्लू-पिल्लू होते; खेला करते हम उनके साथ, रह गए न बुढ़ापे में ठूँढ़ से अकेले।" सीने पर हाथ रखकर—"ऊपरवाले ने दी भी तो एक ही बेटी दी; बड़ा तड़पाता है यह ऊपरवाला; बताओ तुम्हारे बाद किसके सहारे जीऊँगी? मैं, वह, मेरा वह, मेरा यह दर्द, मेरा वह दुःख, कहते हुए वह फिर से रोने लगी।"

यों तो बुड्ढा शांत स्वभाव का था पर आज आखिरकार उसे भी बुढ़िया पर गुस्सा आ गया, चिल्लाकर बोला, "चुपकर रोना-धोना, हमेशा अपने ही बारे में सोचा करती है, कुछ मेरे बारे में भी सोचने का समय है तेरे पास? सोच जरा

पहले तू चल पड़ी तो मेरा क्या होगा?" और दु:खी होकर, बोला, "अपने हाथ की बनी गरम मुलायम रोटियों की आदत डलवाकर अगर पहले तू खिसक ली तो कहाँ ढूँढूँगा मैं तुझे, मेरा निर्वाह तो दामाद के पास होने से रहा। पर तू? तुझे तो उठाकर तेरी बेटी ले जाएगी साथ अपने। तेरा बुढ़ापा तो उसके बच्चों के साथ मजे से खेलते-कूदते कट जाएगा", दोनों आँखों के कोरो को भिगोकर, "पर क्या होगा मेरा कभी सोचा?" हमेशा अपने ही दु:ख के बारे में सोचनेवाली बुढ़िया को अब तो रात-दिन अपने बुड्ढे की चिंता सताने लगी।

□

मोबाइल की आत्मकथा

मैं एक मोबाइल आज आप सभी के सामने अपनी आत्मकथा सुनाना चाहता हूँ। अनेक ऐसे राज हैं, जो मैं अपने सीने में दबाए पड़ा हुआ हूँ। जहाँ तक बात कॉल की है, तो आवाज के जादू के सामने क्या सच्चा है, और क्या झूठा

है, कुछ भी समझ में नहीं आता है। चैटिंग के बहाने आदमी क्या-क्या करता है, ऐसी इनसानी फितरत से मैं पूरी तरह से वाकिफ हूँ, पर मैं चुप हूँ। व्हाट्सऐप पर तो होली, दिवाली और यह डे वह डे के शुभकामना संदेश ऐसे आते हैं, जैसे कि

जानो सारा ब्रह्मांड ही एक हो गया हो। ओ, हाँ आप किसी को पसंद करें अथवा न करे, लेकिन फेसबुक पर तो 'लाइकस' ऐसे आते हैं जैसे कि बचपन में कंपट खाने की होड़ लगी रहती थी और 'कमेंटस्?' जैसे कि कोई बिछड़ा यार मिल गया हो। व्हाट्सेप की प्रोफाइल फोटो पर तो ऐसी सुंदर-सुंदर फोटो लोग लगाते हैं कि ऐश्वर्या रॉय भी अपने सौंदर्य पर शर्मा जाए। किसी की उपलब्धियों की फोटो देख बधाई देनेवालों की मुझमे भीड़ लग जाती है, पर सच क्या है, यह तो मैं ही समझ सकता हूँ, इतना सब होने पर भी हर अच्छी-बुरी बातें अपने सीने में दबाए बैठा हूँ। क्योंकि मैं एक मोबाइल हूँ।

□

गिद्ध

घने जंगल में उड़ते हुए गिद्ध की दृष्टि न जाने कहाँ से अखबार के उस पन्ने पर जा पड़ी जहाँ पर लिखा था—'भरे बाजार तीन लड़कों ने गिद्ध के समान लड़की की बोटियाँ नोच डाली।'

यह देख उड़ता हुआ गिद्ध कुछ नीचे उतर आया, अपने बड़े-बड़े नुकीले

पंजों से अखबार को दबाकर; फिर से उस विभत्स खबर को पढ़ने लगा; आगे लिखा था 'और उसका क्षत-विक्षत शव, दूसरे दिन झाड़ियों के अंदर पड़ा मिला।' यह खबर पढ़ उसका माथा ठनका, उस समय एक अजीब सी बेचैनी ने उसे आ घेरा, उसके दिमाग में हलचल मच गई, उसने साथी गिद्धों को पुकारा और कुछ ही क्षणों में शोर मचाते गिद्ध पूरे आसमान में छा गए। तेज आवाज में नेता गिद्ध चिल्लाया, "बहुत हो गया हमारा शोषण", फिर अखबार के फटे टुकड़े को लहराता हुआ बोला—"देखो, क्या लिखा है लड़कों ने गिद्ध के समान लड़की को नोच डाला, भला यह भी कोई बात हुई ?" यह कहते हुए, अपने दोनों पंजों को तेजी से झटकाता हुआ, वह एक बार फिर से चिल्लाया और उसके समर्थन में अन्य गिद्ध भी चिल्लाने लगे।

तभी उनमें से इतिहास मर्मज्ञ एक गिद्ध चिल्लाया, "इतने नीच नहीं हैं हम, जब सीता मैय्या का अपहरण कर रावण उन्हें लंका ले जा रहा था, तब हमारे प्रपितामाह जटायुजी ने उनकी रक्षा करने हेतु लहूलुहान होकर अपने प्राणों का परित्याग कर दिया था और ये अखबार वाले ? इन नीच लड़कों की तुलना हमसे करते हैं ?" एक बार फिर समवेत स्वरों में वे चिल्लाने लगे।

दूसरा चिल्लाया, "हमारी दृष्टि की तारीफ तो सारी दुनिया करती है और एक ये हैं ?" कह···गुस्से में आकर अपने पंख फड़फड़ाने लगा।

तभी उनके बीच से एक जागरूक बूढ़ा गिद्ध उठकर बोला, "तुम सबकी बातों में दम है मेरे बच्चों, तुम सभी को अपने हक में जरूर आवाज उठानी चाहिए, माना कि हम नरभक्षी हैं, मांस हमारा प्रिय आहार है पर हम तो मरों को खाते हैं, पर ये ? 'हरामी की औलादें' तो जीतो को ही खा डालना चाहती हैं।"

यह सुन सभी गिद्ध उसके समर्थन में फिर से पंख फड़फड़ाने लगे और इस प्रकार वातावरण में एक अजीब सा कोलाहल छा गया।

□

अब अभिमन्यु नहीं मरेगा

नाट्य मंचन के समय परमवीर बालक अभिमन्यु वीरगति प्राप्त कर, अर्धचेतन अवस्था को प्राप्त हो, अपनी माता सुभद्रा के दिमाग में आकर कहता है, "माँ तुम्हारी एक छोटी सी चूक ने मुझे चक्रव्यूह से बाहर निकलने नहीं दिया; क्या हो जाता, जो तुम; पिताजी की पूरी बात अच्छे से सुन लेती?" "नही पुत्र! नहीं। मुझ पर ऐसा मिथ्यालांछन मत लगाओ। तुम्हारे पिताजी की बातें थीं ही इतनी रोचक कि सुनते-सुनते मैं नींद की आगोश में जा समाई।" "पर माँ! तुम्हारी इतनी सी लापरवाही के कारण तो अनर्थ ही हो गया न। लोग मुझ एक अभिमन्यु को याद करते हैं। सच तो यह है कि तब से लेकर आज तक न जाने कितने अभिमन्यु मारे जा चुके हैं अथवा वे स्वतः ही आत्मघात कर लेते हैं।" तभी एक हिचकी के साथ—"कभी गर्भ की ठीक परवाह न हो पाने से, तो कभी परीक्षा की तैयारी करते हुए। बच्चे से क्या उनके माँ-बाप पूछते हैं, 'बता बेटा कैसा है तू?' क्या चल रहा है तेरे मन में? 'बस सब दौड़ रहे हैं, एक दौड़ में किसी को भी बच्चे की दुर्दशा का अंदाज नहीं होता। शायद ही कोई माँ-बाप होंगे, जो कहते होंगे कि कोई बात नहीं बेटा, पास नहीं हुए तो क्या हुआ और भी बहुत से रास्ते हैं जिंदगी को जीने के लिए। वे उन्हें नहीं समझाते कि ऊपरवाला जब एक रास्ता बंद करता हैं तो चार रास्ते खोलता भी है। वे नहीं कहते कि बेटे धैर्य रखो, हमे सिर्फ और सिर्फ तुम्हारे चेहरे की मुसकान चाहिए। वे नहीं कहते मेरे बच्चे, हमेशा खुश रहो, कभी जिंदगी से हार मत मानना, हमें तुम्हारी जरूरत है।"

"पर अफसोस है कि माँ मेरे नाम की दुहाई दे देकर; वे तो उन्हें राजा बेटा बनाना चाहते हैं। जब सर्वश्रेष्ठ धनुर्धर अर्जुन का बेटा और कृष्ण जैसे महापुरुष

का भाँजा अपनी जंग न जीत सका तो वे तो साधारण इनसान हैं, उनको धैर्य और हिम्मत देने की आवश्यकता है, वरना मेरे ही समान न जाने कितने अभिमन्यु रोज यूँ ही मरते रहेंगे और अपनी माँ के दिमाग में आकर कहेंगे, 'माँ मैं तो जीना चाहता था—एक बार मेरे सिर पर हाथ रखकर कहा तो होता, 'मुझे तुम पर गर्व है, बेटा! मेरे लिए तुम बहुत कीमती हो।' तो मैं कभी भी आत्मघात न करता।"

"लोग मुझे वीर समझते हैं पर मुझे तो लगता है कि मेरी साधारण मृत्यु न होकर सीधा-सीधा आत्मघात है। पर अब मैं किसी और अभिमन्यु को मरने नहीं देना चाहता हूँ।" कुछ चेतना में आकर··· "पुत्र! प्रिय पुत्र! मेरे पुत्र, प्यारे अभिमन्यु!" कहकर चारों तरफ उसे ढूँढ़ते हुए माता पूर्ण अचेत होकर धरती पर गिर जाती है। और मंच पर मरघट के समान एक लंबा अँधेरा पसर जाता है।

□

नन्हे-नादान

"माँ तुम कभी बूढ़ी मत होना।" माँ के माथे पर उभर आई लकीरो को हौले-हौले सहलाती हुई सुरभि बोली। बेटी का मन रखते हुए माँ मुसकराकर बोली, "ठीक है, मैं कभी बूढ़ी नहीं होऊँगी।"

शाम को सिद्धांत माँ के लिए एंटी-ऐजिंग क्रीम ले आया। माँ जब तक कुछ समझती वह अपने नन्हे मुलायम हाथों से उसकी माथे की लकीरों पर क्रीम मलने लगा, प्यार और वात्सल्य के आँसू लिए वह चुपचाप आँखें बंदकर; तकिए पर सिर रख; बच्चों से क्रीम मलवाती रही।

क्या कहें वह इन 'नन्हे नादानो से? कहीं बुढ़ापा और मृत्यु भी किसी के रोके रुका है भला?' एक क्षण उसने आँखें खोलीं, उन दोनों बच्चों को अभी भी अपने समीप देख अबकी बार उसका मातृत्व छलक पड़ा।

□

देवालय या मूत्रालय

कुछ लोग उसे पागल समझते थे तो कुछ सयाना पर इन सब बातों से बेफ्रिक वह जहाँ-तहाँ अपने विचारों को अभिव्यक्त किया करता था। कहने को तो गाँव का स्कूल मास्टर था पर सामाजिक कार्यों में भी उसकी रुचि कम नहीं थी। प्रमोशन के चक्कर में जब शहर के नए स्कूल में उसकी नौकरी लगी तो पहले ही दिन विवेकानंदजी की हाल में लगी फोटो के नीचे उसने लिखा पाया—

"हे प्रभु मुझे मोक्ष नहीं चाहिए, जब तक भारत का हर व्यक्ति पेट भर भोजन न कर ले, तब तक मैं बार-बार जन्म लूँ और मातृभूमि की सेवा करूँ।"

दूसरे दिन क्लास में आते ही ब्लैक बोर्ड पर उसने लिख दिया, "हे प्रभु मुझे मंदिर, मस्जिद, देवालय नहीं चाहिए, जो जमीनों पर कब्जा करने की नीयत से बनाए गए हों, मेरा वश चले तो मैं उन सब पर बुलडोजर चलवा दूँ और उसकी जगह पर साफ-सुथरे मूत्रालय बनवा दूँ।"

यह पढ़ उसको पागल समझकर कुछ लड़के हँसने लगे। उड़ती हुई सी यह बात प्राचार्य तक पहुँची और कहना न होगा कि धर्मभीरू हमारे समाज ने मास्टरजी को बाहर का रास्ता दिखा दिया।

□

वो टपकती झोंपड़ी

पिछले दो दिनों से बरसात का पानी थमने का नाम ही न ले रहा था, तूफानी हवाओं ने तो न जाने कितना आतंक मचा रखा था, दो वॉट के एल.ई.डी. बल्ब में भला दम ही कितना होता है। बार-बार भड़भड़ाते कच्चे दरवाजे बचपन की नींद उजाड़ देने पर उतारू थे। अल्लाह की दुआओं के अलावा वसीम के पास इस तूफानी बरसात में प्रकृति के कहर से बचने का कोई चारा भी नहीं था। खुद तो सह गया पर दिनभर के चौका-बरतन कर थकी माँ के मुँह पर टूटे छप्पर से टपकते हुए पानी को देखकर किसी प्रकार से पीली-फटी बरसाती से अपने घर को बचाने का वह निरर्थक प्रयास कर रहा था, पर उस तूफानी रात में बरसाती भी क्या काम आती, जब गरीब की जिंदगी में ही छेद होते हैं, ऊपर से ढको बदन तो नीचे से नंगा और नीचे से ढक दो तो ऊपर से नंगा हो जाता है।

आज वसीम का भी कुछ ऐसा ही हाल हो रहा था वह नहीं चाहता था कि टपकते पानी से माँ को नजला-जुकाम या निमोनिया हो जाए, पर तूफानी हवाओं ने भी आज बरसात के साथ मिलकर जिद ही ठान रखीं थी, देखते-ही-देखते फटी पीली बरसाती सौ फिट दूर जा पड़ी, अब तो सिसकनें के अलावा उसके पास कोई और चारा भी न था, डर था कि उसकी हिचकियों से माँ कहीं जग न जाए।

टूटे छप्पर के बीच में पुराना कपड़ा लगा टपकते पानी के नीचे बाल्टी रख, वह बच्चा तूफान कम होने के लिए दोनों हथेलियों को चेहरे के पास लाकर रात भर अल्लाह से दुआएँ करता रहा।

सुबह तूफान थमने पर उन दोनों माँ-बेटो ने मस्जिद में शरण ली। रात भर

की घटना रह-रहकर उसके बाल मन को झकझोर रही थी, तभी अपने दोनों हाथों को ऊपर उठाकर अल्लाह मियाँ का सदका करते हुए वह बुदबुदाया…

"अल्लाह तेरे एक के इतना बड़ा मकान?" उस बच्चे के लिए यह बात रहस्य थी पर वह आश्चर्यचकित हो, फिर-फिर बुदबुदाया," अल्लाह तेरे एक के इतना बड़ा मकान?" पर इस बार दफा वहाँ आते-जाते हुए लोगों को देखकर उसका यह भोला सा सवाल मुँह के अंदर ही चिपककर रह गया।

□

क्या करूँ?

झरनें के किनारे, पेड़ों की झुरमुट की आड़ में मुँह किए ध्यानमग्न उस आकृति को वह एकटक देखे चला जा रहा था। उस विशाल वैभवपूर्ण आकृति में न जाने कौन सा मौन निमंत्रण छिपा हुआ था। कि वह बरबस ही उधर खिंचा चला जा रहा था। पास पहुँचकर उसने उस आकृति को प्रणाम किया। आकृति के चेहरे के तेज से उसकी आँखें चकाचौंध हुए जा रही थीं। अरे! यह तो कोई जाना-पहचाना चेहरा है! तभी वह "खलील जिब्रान, खलील जिब्रान, लेबनान के महान् विचारक व चिंतक!" कहता हुआ, उसके पैरों पर जा पड़ा।

"महोदय! कब से मैं आपको ढूँढ़ रहा था? आपके जीवन-दर्शन से मैं बहुत अधिक प्रभावित हूँ, अतः आज मैं 'स्त्री-पुरुष' संबंधों में आपके विचार जानना चाहता हूँ।"

युगों-युगों से चिंतन करते हुए कुछ गंभीरतापूर्वक वे बोले, "बहुत कहने का अब दिल नहीं चाहता। पर इतना मैं जानता हूँ कि जो पुरुष स्त्रियों के छोटे-छोटे अपराधों को क्षमा नहीं कर पाते हैं, वे उनके महान् गुणों का सुख पाने से वंचित रह जाते हैं।"

यह बात सुनकर···उसका दिमाग कुछ चकराया। उस समय इस विषय को लेकर उसका अंतरमन बहुत कुछ समझ रहा था, पर बाहर से वह अपनी इस कमी को स्वीकारने के लिए तैयार नहीं था। अतः कुछ शंकित होकर वह बोला, "पर, महानुभाव आपने तो विवाह नहीं किया था, फिर आप यह बात इतने विश्वास के साथ कैसे कह सकते हैं?"

यह बात सुन वह आकृति हँसी···और फिर बोली, "बंधु! संवेदनाओं को समझने के लिए विवाह किया जाए; यह कोई जरूरी नहीं है। विवाह से पहले भी तो आपकी माँ–बहनें होती हैं? रही बात शादी की तो मैं जानता था कि मेरे जैसे विचारक, लेखक व चित्रकार, जो हमेशा अपने ही कामों में डूबे रहते हैं, ऐसे व्यक्ति के साथ भला कोई स्त्री कैसे खुश रह पाती!"

यह जवाब सुनकर वह आदमी कुछ पीछे हटा। अब तो उसे संस्कारवश या फिर अनजाने में अपने द्वारा परिवार की स्त्रियों पर किए गए जुल्म याद आने लगे। "कितनी नेक थी उसकी माँ जो अपनी संतान के लिए हमेशा अपना सर्वस्व न्योछावर करने के लिए तैयार रहती थी, पर उसका व्यवहार माँ के प्रति···क्या ठीक था? किस तरह उसने निर्दोष छोटी बहन के पेट में घूँसे–घूँसे मारे थे।···और तो और वक्त–बेवक्त उसके ससुराल में भी उसका अपमान करने से भी नहीं चूका था वह और पत्नी को? सबके सामने काली–कलूटी तथा बेअक्ली कहकर जलील किया करता था। किसी और की तो बात ही जाने दीजिए उसने अपनी बेटी की भी कभी तारीफ में पीठ नहीं ठोकी, अलबत्ता समय बेसमय उसकी कमियों का बखान करने में अपना बड़प्पन समझता था। उसको तो लगता था

कि वह मर्द है उसे अच्छी–बुरी सभी हरकतें करने का अधिकार है। आत्मज्ञान प्राप्त होते ही उस क्षण उसे अपनी बेवकूफियों तथा संस्कारहीनता पर बहुत शर्म महसूस हो रही थी, पर अब तो वह कुछ कर भी नहीं सकता था; क्योंकि अब तक तो वह एक मृतात्मा बन चुका था।

□

निर्भया की माँ

कोर्ट का निर्णय आने के बाद टेलीविजन पर निर्भया की माँ चीख-चीखकर देशवासियों से सवाल कर रही थी।··· "जब मुजरिम कानून तोड़कर अपराध करता है तो उसे कानून तोड़कर सजा क्यों नहीं दी जाती है?"

इस सवाल का जवाब तलाशती उस समय मैं सोच रही थी।··· कि या तो ऐसे कानून को 'जंगल राज' कह दिया जाए या फिर इंसाफ की देवी की परिकल्पना को ही खत्म कर दिया जाए। उदास मन कह रहा था।···बहुत हो गई अपराधों की इन्तेहा बेटियों के साथ। अब वक्त आ गया है कि इस इंसाफ की देवी की आँखों की पट्टी खोलकर फेंक दी जाए, ताकि वह अपनी तलवार और तराजू की ताकत लोगों को दिखा सके।

□

कंप्यूटर के सामने बैठा आदमी

कंप्यूटर के सामने बैठा आदमी दिनभर उसके बटन दबाया करता था। कभी गूगल सर्च, तो कभी टिकट बुक करवाना, तो कभी ई. मार्केटिग के लिए, कुछ नहीं तो फेसबुक पर ही चैटिंग-वैटिंग हो जाया करती थी। यकीन मानिए उसके लिए तो यह कंप्यूटर 'अलादीन का चिराग' था। जो भी जानकारी चाही झट सामने हाजिर थी। अपने इतने अधिक महत्त्व को देखकर एक दिन कंप्यूटर का दिमाग खराब हो गया। वाई-फाई के साथ मिलकर उसने आदमी के खिलाफ षड्यंत्र रच डाला, अब तो वह बटन दबाता पर कंप्यूटर उसे कोई भी

जानकारी न देता। आखिरकार उसने नेटवर्क ठीक करवाने के लिए टेक्निशियन को बुलाया। टेक्निशियन ने बताया कि मुझे कंप्यूटर और वाई-फाई दोनो में से किसी में भी किसी भी तरह की कोई खराबी समझ में नहीं आ रही है। हँसता हुआ वह बोला, "लगता है कि श्रमिकों के समान अपने को कुछ अधिक ही महत्त्वपूर्ण मानकर आपका कंप्यूटर कुछ समय के लिए हड़ताल पर चला गया है।" यह सुन आदमी को उनकी करतूत पर कुछ-कुछ शक हो चला, गुस्से में आकर उसने कंप्यूटर बंद किया और बड़बड़ाता हुआ कमरे से बाहर निकल आया, "आदमी ने कंप्यूटर बनाया है न कि कंप्यूटर ने आदमी? आगे वह बड़बड़ा रहा था कि यह खुद पर चाहे जितना घमंड करे पर आदमी की बुद्धि से कभी बराबरी नहीं कर सकता।"

कुछ तेज आवाज में, "बड़ा दिमाग खराब हो गया है इसका, एक दिन इ. कचरे में जब खुद को पड़ा पाएगा, तब पंडितजी को अपनी औकात याद आ जाएगी," यह कहकर, उसने एक गहरी साँस खींची और घर में बने बगीचे में चहलकदमी करने लगा।

□

लाईक पर लाईक

मन-ही-मन मैं अपने प्रति औरों को लेकर भावनात्मक हिसाब लगा रही थी पर हर बार इस विषय में खुद को फेल पाया। मूड ऑफ था, मन बदलने के लिए कंप्यूटर के नजदीक जा बैठी, और फेसबुक के पन्ने पलटने लगी।

Congralutation Dear
Hi !
How are you ?
Wish u a very Happy Birthday Stay Bless.
May God Bless You!

Happy Marriage Anniversary ! May God Give You---etc---

जैसे-जैसे मैं फेसबुक के पेज पलटती जा रही थी। वैसे-वैसे भावनाओं से भरे पन्ने खुलते जा रहे थे। जाने कितने भावों को दर्शाते चेहरे वहाँ बने हुए थे। कहीं प्रणाम हो रहा था, तो कहीं अँगूठा दिखाकर बात समझाई जा रही थी। मन में ख्याल आया इतनी तरह के रस और भाव! वह भी एक ही जगह पर! और दुनियाँ कहती है कि हम भावशून्य होते चले जा रहे ?

तभी मेरी तंद्रा टूटी। अचानक सामने पड़े कंप्यूटर को देखकर ख्याल आया कि···हम भावनाएँ इनसानों में ढूँढ़ रहे हैं पर इनसान तो 'कंप्यूटर' बन गए हैं ? फिर क्या ही अच्छा हो जो हम भावनाओं को कंप्यूटर में ढूँढ़ें ? यह सोचते ही जैसे मुझमें जान आ गई। मन किसी खास ऊर्जा से भर उठा। मुझे तो जैसे संजीवनी बूटी ही मिल गई। यह सोचते ही सुबह से ही किसी के प्यार भरे स्पर्श की चाहत में खोई मैं एक-एक करके सबके मैसेज पढ़ती गई और उन्हें 'लाईक पर लाईक' मारती गई।

□

महिला-दिवस

9 मार्च को मैं तेजी-से साइकिल के पैडल मारता अपने ऑफिस की ओर बढ़ा जा रहा था। सुबह का समय था सभी को ऑफिस जाने की जल्दी थी। तभी रास्ते में बीचोबीच पड़े तंबू-कनात को देखकर, एक क्षण मैंने अपनी साइकिल धीमी की और पास पड़े बाँस-बंबुओं के कारण गिर न पड़ूँ, इस आशंका से तेजी से साइकिल पर से उतरने लगा। "अरे, यह क्या? यहाँ पर तो मजमा लगा हुआ है, देखूँ, क्या माजरा है?" यह सोच मैं अभी थोड़ा आगे बढ़ा ही था कि तभी पंडाल के पास कुछ लोगों को मार-पीट करते पाया, हाथ में मोटी रस्सी लिए एक पल्लेदार तेजी से चिल्लाता हुआ दूसरे पर झपट रहा था और जोर-जोर से चिल्ला रहा था—"अबे, मादा…! सर फोड़ दूँगा तेरा", अचानक अपने ऊपर हुए हमले को देखकर दूसरा भी चिल्लाया—"भैन…! साले, दो कंटाप लगाऊँगा कि बत्तीसी बाहर आ जाएगी।" यह कहते हुए तेजी से वह भी उस पर झपटा। झगड़े की वजह चाहे जो भी रही हो।

उस समय यह दृश्य देखकर चिंतनशील मेरा मन बहुत कुछ सोचने को मजबूर हो चला था। अभी कल ही की तो बात थी, जब आठ मार्च को महिला-दिवस के अवसर पर इसी मंच पर मातृशक्तियों को सम्मानित किया जा रहा था। और साथ ही उनकी उपलब्धियों को भी गिनाया जा रहा था, उस वक्त फूलमालाएँ पहने वे भावभूमि मुझे किसी देवी माँ से कम नहीं लग रही थी, परंतु आज? आज? नारी का इतना बड़ा अपमान?

सचमुच सहन से बाहर था।

इसीलिए मैं एक बार फिर से कहता हूँ कि ऐसे गंदे माहौल में 'नारी सशक्तीकरण की बातें करना व महिला-दिवस मनाना निश्चय ही मेरी समझ से बाहर है। □

गुलाम

अपने चेहरे पर आते तरह-तरह के भावों को सँभालने का प्रयास करती हुई सुहाग शैय्या पर बैठी दुलहन बोली, "मैं आज से आपकी गुलाम हुई, यह बात और है कि मुझे अपनी यह दासता स्वीकार नहीं है।"

दुल्हे ने अपने सीने से लगाकर, बड़े प्यार से उससे कहा, "बताओ प्रिये! तुम्हारे मोहपाश में बँधा, क्या मैं तुम्हारा उतना ही गुलाम नहीं हूँ, जितना कि तुम मेरी ?"

और दोनों एक-दूसरे को कनखियों से देखकर मुसकरा दिए।

□

मैं नन्ही सिंड्रेला

मैं नन्ही सिंड्रेला, बमुश्किल चालीस दिनों की।

मेरे पैदा होने पर; न तो लड्डू बँटें और न ही गीत गवनई हुई, और न ही देव किन्नरों ने बधावे गाएँ। मुझे कहीं पर भी इस दुनिया में मेरे आने का उल्लास नजर नहीं आ रहा है। यह सब देख, सहम कर; माँ की गोद में दुबकी, मैं तो; रोना ही भूल गई थी। क्या पाप किया था मैंने ? मेरा नन्हा दिमाग अभी बड़ों की

इतनी गूढ़ बातें समझ नहीं पा रहा था। तभी मुझे एक बड़ी सी हिचकी आई लगा कि जान ही निकल जाएगी। माँ ने झट अपने सीने से लगाकर मुझे पुचकारा और अपना दूध पिलाने लगी, कुछ राहत महसूस हुई, तभी बाहर बाँसुरी की मधुर आवाज सुन मेरा ध्यान भंग हुआ। लगता है कि "बड़ा भइया मेरे आने की खुशी में बाँसुरी बजा रहा हैं?" बाँसुरी की मधुर तान सुन; धीरे-धीरे मेरी आँखें झपकने लगीं, चेहरे पर स्मित सी मुसकान ने आ घेरा और मैं निश्चिंत होकर सो गई।

□

टी.वी. का बालक

एक अजीब सी बेचैनी घेरे रहती है, आजकल मुझे बड़ी मुश्किल से कोई नींद की झपकी आई तो आई, अन्यथा यो ही, हरबड़ाकर जाग जाती हूँ मैं। न जाने कहाँ से फटेहाल एक बालक, इन दिनों सपने में अकसर आ खड़ा होता है मेरे सामने। वह बालक बड़ा कमजोर सा तथा लगभग फटी हुई कमीज

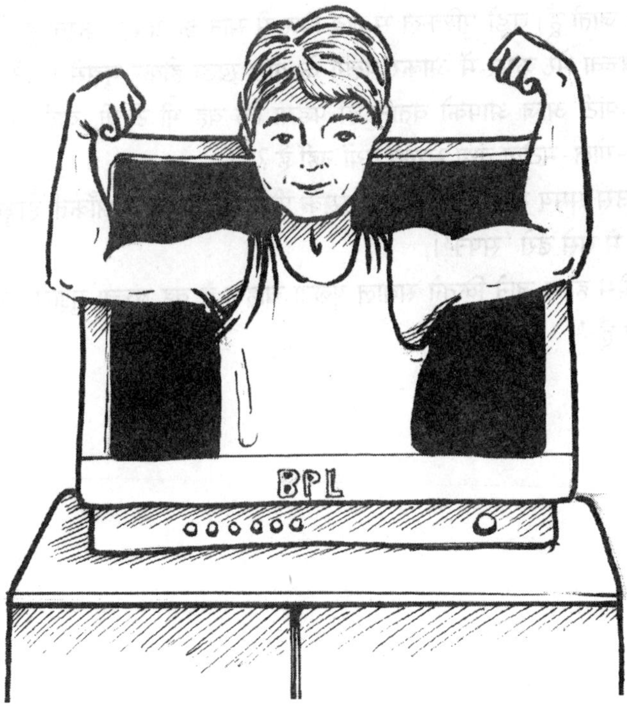

पहने हुए रहता है। वह मुझसे पूछता है कि उसकी कमीज टी.वी. के बालक के जैसी सफेद क्यों नहीं है ? क्यों नहीं मिलता नहाने के लिए उसे भरपूर पानी और डिटॉल साबुन ? वह मुझसे कहता है, यह टी.वी. वाला बालक जरूर नए-नए ब्रांड के साबुन से नहाता होगा तभी तो इतना गोरा-चिट्टा और साफ दिखाई देता है।

बड़ी द्रवित हो जाती हूँ मैं जब वह अपने पसलियोंदार सीने को फुलाने की कोशिश करता हुआ तथा दाहिने हाथ को कप के साथ ऊपर उठाता हुआ वह कहता है, "आई एम कॉम्प्लान ब्वाय।"

उस वक्त मुझे चुप हुआ देखकर वह कहता है, "क्यूँ नहीं बन सकता वह टी.वी. वाला बालक ? क्यों नहीं डॉक्टर की वेशभूषा में आकर उसके पापा भी उससे कहते हैं, 'दाँतो की सड़न को बचाता है यह कॉलगेट'" वह पूछता है मुझसे··· ··· "उसकी भी हड्डियों में लाल तेल की ताकत क्यों नहीं है ?"

उस समय उसके पीले दाँत देखकर मन पसीज उठता है और हड़बड़ाकर मैं उठ जाती हूँ। बड़ी मुश्किल से जब फिर से सोने का प्रयास करती हूँ तो फिर वही बच्चा मेरे कमरे में आकर पलंग के पास खड़ा होकर मुझसे पूछने लगता है—"आंटी आज आपको बताना ही पड़ेगा कि वह भी टी.वी. वाले बच्चे के जैसा—गोल-मटोल तथा स्वस्थ क्यों नहीं है ?"

उस समय मुझे दिखाई देते है उसके पीले दाँत, बदन से झाँकती हड्डियाँ पर आँखों में बसे ढेरो 'सपने'।

ऐसे ही न जाने कितने सवाल पूछना चाहता है वह बच्चा मुझसे, 'पर, मैं निरुत्तर हूँ।'

□

कमल

आज कमल का फूल उदास था, रह-रहकर उसके कानों में आवाज गूँज रही थी—"कीचड़ में ही कमल खिलता है, कीचड़ में ही कमल खिलता है।" ये शब्द हथौड़े के समान उस पर प्रहार कर रहे थे, आहिस्ता-आहिस्ता वह कुम्हलाने लगा और उसकी रंगत बदलने लगी। उसने खुद से ही सवाल किया—"क्या पाप किया था मैंने, जो नियति ने मेरा जन्म कीचड़ के गर्भ में कर डाला?"

तभी उसे एक आवाज सुनाई दी—मैली सी पतलून पहने एक आदमी कमल की तरफ उँगली दिखाता हुआ अपने बच्चे को समझा रहा था, "बेटा! देखो, कीचड़ में ही कमल खिलते हैं। इसी प्रकार तुम्हें भी जीवन की हरेक बाधाओं को पार कर आगे बढ़ना है।"

तभी कमल तल पर पानी की कुछ बूँदें उभर आईं। बच्चा बोला, "वह देखो पापा, मोती।" पिताजी बोले, "नहीं, सूरज की रोशनी में चमकते ये तो हीरे के कण हैं।"

तभी बरसात में टरटराते मेढकों ने उनका ध्यान भंग किया, कमल जन्म से ही कीचड़ का सानिन्ध्य पाने की वजह से विकल था पर उसकी यह तड़प देखनेवाला वहाँ कोई न था। पत्ते पर पड़े पानी ने प्रतिक्रिया की, "हे पुष्पदल! तुम तो शिव के मस्तिष्क का श्रृंगार, शरद नायिका का परिहार, लक्ष्मी का निवास स्थान तथा राष्ट्र का सम्मान हो।" वह इस बात पर प्रतिक्रिया करता कि इस बीच जलकण पुनः बोल उठे—"पर यह भी सच है कि ऐसे तपस्वी का सान्निध्य पाकर हम तो धन्य हो गए।" यह बात सुन कमल का अवसाद कुछ

कम हुआ उधर पूर्व की तरफ फैली लालिमा सूरज के आने का संदेश दे रही थी। कमल ने भी आहिस्ता से अँगड़ाई ली और सूरज के आगमन के लिए उठ खड़ा हुआ।

अब वह अपनी पूर्ण ऊर्जा के साथ सूर्य से आँखें मिलाने के लिए तैयार खड़ा था।

□

पहली चोरी

"तेरे पास कितने पैसे हैं रे मीतू!" अक्की की आवाज सुन मैं सहसा विचारों से जाग गई। सुबह दस रुपए थे वह तो सुबह भेलपूरी खाने में खत्म हो गए। किट्टू बोला, "बड़ी जोर की भूख लगी है मीतू और ये चाटवाले के तवे-चिमटे की आवाज तो आज पागल ही कर डालेगी। चल, अंदर चलकर पैसे माँगते हैं।" अक्की बोली, "पर किससे? अभी-अभी मम्मी से पैसे माँगे थे पर वह तो नानी से बाते करने में इतनी मस्त है कि बिना बात सुने ही मुझे वहाँ से भगा दिया, अब क्या करें?" माथे पर हाथ रखकर बच्चे सोचने लगे।

गरमी की दोपहरी यों भी बहुत लंबी होती है, जिस पर नानी का घर;

धमाचौकड़ी मचाते वैसे भी कुछ भूख ज्यादा ही लग आती है। "चलो, दादी से चलकर पैसे माँगते हैं," अक्की ने सुझाव दिया यह सुन मुँह बिचकाकर किट्टू ने चैलेज किया, "देगी 'बड़ी माँ' तेरे को पैसे। लाकर दिखा तो जानू।" अक्की भी दादी माँ की कंजूसी की आदत जानता था। यह सुन उसके दिमाग का 200 वॉट का बल्ब जल उठा, चलो दादी अभी सो रही है चुपचाप उनकी पर्स से पैसे निकाल लेते हैं, उन्हें पता ही न चलेगा और हमारे मजे हो जाएँगे "चोरी और वह भी नानी के पैसों की? नहीं मैं यह नहीं कर सकती। चोरी करना पाप है। "वह धीरे से फुसफुसाई।" सभी बच्चे चोरी की ट्रिक में एक मत न हो पाने के कारण उदास होकर घर में इधर-इधर हो गए।

चाटवाले का तवा अभी भी बज रहा था और मम्मी, मौसी, मामियों, नानियों की किट्टी भी उसी तरह हो-हल्ला करते चल रही थी। तभी किट्टू ने मीतू के कान में कुछ कहा और उसका हाथ पकड़कर गेट के बाहर हो लिया। दोनो ममेरे-फुफेरे भाई-बहन मैदान में बने मंदिर की तरफ कड़कती धूप में तेजी से बढ़े जा रहे थे। कहने को तो वह मंदिर था पर सच पूछो तो चार बल्लियों के सहारे घास-फूस का गोलाईदार छप्पर उस पर पड़ा था और उसके नीचे शिवजी का छोटा सा अरधा रखा था। निडर हो उछलने-कूदनेवाली वह लड़की किट्टू के साथ दबे कदमों से मंदिर की तीनों सीढ़ियों को लाँघ शिवाले तक पहुँची, देखा अरधे पर एक, दो तथा पाँच रुपए के सिक्के पड़े थे, चमकते सिक्के को देख किट्टू ने झट से उसमें से कुछ सिक्के उठाकर अपनी निक्कर की जेब में डाल लिये।

तभी दूर से आती चाटवाले के चिमटे की आवाज सुन इस बार उसके मुँह में कसकर पानी भर आया और मीतू ने भी जल्दी से चौकन्ने होते हुए चारों तरफ देखा और बचे हुए सारे सिक्के अपनी फ्रॉक में यह कहते हुए समेट लिये कि "भगवान् तो खुद सबको देते हैं, फिर वे इन सिक्कों का क्या करेंगे? अच्छा होगा कि मैं ही इसे रख लूँ। एक पल ख्याल आया यह तो चोरी है पर दूसरे ही पल यह सोचकर मन को समझा लिया फिर दादी भी तो कहती हैं, बच्चों में भगवान् का वास होता है।"

□

पेड़ उगना चाहते हैं

पिछली ही बरसात बँगले के बाहर लगाए गए पंचसुतिया के पेड़, आधा सावन बीत जाने पर भी कहीं से बरसते पानी का आगमन हुआ न जानकर बेचैन होकर एक-दूसरे से बातें कर रहे हैं। "रत्ती भर भी हवा नहीं चल रही, बड़ी घुटन हो रही है, अपना तो चलो जैसे-तैसे बसर हो जाएगा पर इन नन्ही पत्तियों का तो इस सावन, बिना पानी के हाल बेहाल हुए जा रहा है। ऊपर से नगर-निगम के द्वारा लगाए गए ये बाड़े? जरा सी भी हमारी ये शाखाएँ बाहर हाथ पसार नहीं पा रही हैं, समझ में नहीं आ रहा है कि ये हमें आश्रय दे रही हैं या फिर हमें तिहाड़ जेल में रखा जा रहा है?

तभी एक और पेड़ बड़ी मुश्किल से कराहकर बोला, "अरे कोई बँगलेवाला ही दे, दे, दो चुल्लू पानी, तो कम-से-कम हमारा ऐसा बुरा हाल तो न होगा।" कुछ उदास होकर, "पर हमारी परवाह करनेवाला भला यहाँ कौन है? इन लोगों को तो बस अखबार में फोटो खिंचवाने से मतलब है।"

नाराज होकर, "बस हमीं घर के दादा बनकर तुम सबको छाया देते रहे, बंदरों से खुद को नूचवाएँ, कुत्तों से मुतवाएँ, सूअर आकर हमारी जड़ें खोद डालें, ऐसी सेवा करने से क्या फायदा?"

कुछ शांत स्वभाव का दूसरा पेड़ बोला, "अरे चुप भी हो या, बस बड़बड़ाते ही रहोगे। ये बाड़े तो सड़क चलती गायों से तुम्हारे बचपन को बचाने के लिए लगाए गए हैं और तुमको इसमें बुराई नजर आ रही है?" आगे वह बोला, "भाई! ज्यादा भरमाओ मत, गायें आवारा हैं; क्योंकि उनके पास रहने को घर नहीं है, पर या तो इन्हें बंध्या करवा दिया जाए या फिर इन्हें रहने को घर दे दिया

जाए। पर नही, इन खुदगर्ज इनसान को तो उसका दूध भी पीना है, पर न तो उन्हें पूरा चारा देना है और न ही उनकी सेवा करनी है। इसलिए ये बेचारी गऊमाताएँ हमारी शरण में आती हैं।"

तभी एक और पेड़ बोला, "पर हम भी क्या करें?" हम तो अनाथ हैं, जैसे-तैसे पल गए तो पल गए, अन्यथा बस कुछ नहीं। इस विषय को लेकर अभी उनके बीच गंभीर मंत्रणा चल ही रही थी कि तभी एक आदमी साइकिल से उतरा आहिस्ता से उसने इधर-उधर देखा और शुरू हो गया।

दूसरा पेड़ मसखरी कर उससे बोला, "अब तो शांत हो जा प्यारे, तुझे तो स्वाति नक्षत्र के पानी के साथ यूरिया भी मिल गया, फिर क्यों परेशान है?" पहला पेड़ बोला, "और कोई बात नहीं है दोस्त! पर मुझे तो इनकी खुदगर्जी पर गुस्सा आता है एक तो इतनी पथरीली जमीन पर हमारा पनपना यों भी मुश्किल और अगर पनप भी गए तो हर किसी को हमारी टहनियों और पत्तों की दरकार होगी।" इतनी देर की पंचायती से तंग आकर कुछ दूर खड़ा बूढ़ा पेड़ बोला, "तब से तुम सब बड़बड़ाए चले जा रहे हो, आखिर चाहते क्या हो?"

"हम तो सिर्फ इनका प्यार भरा आलिंगन पाकर अपने मन की प्यास बुझाना चाहते हैं। हमारे पौधे को रोपने के बाद, ये उन्हें खाद-पानी देकर पनपने का उचित मौका दें, ताकि उपेक्षित होकर हम सड़क किनारे यूँहि तड़प-तड़पकर न मर जाएँ।"

□

कविता?

पुस्तक विमोचन के अवसर पर रिपोर्टर ने लेखक से जानना चाहा, "आपके विचार से कविता क्या है?"

कवि ने जवाब दिया, "अपनी समस्त वेदनाओं को आनंद के रस में इतना भिगो देना कि लोगों के लिए वे आश्चर्य का विषय हो जाए, मेरे विचार से ऐसे ही भावहच्छ्वासो का नाम 'कविता' है।

□

गले में घंटी

फेसबुक पर साहित्यिक मंच के कार्यकर्ताओं के बीच ग्रुप डिस्कशन चल रहा था।···एक महोदय बोले—

"कुछ लोगों को जब आप अधिक सम्मान देते हैं तो वे मूर्ख आपको मूर्ख समझते हैं।"

दूसरे व्यक्ति ने जवाब दिया···"बुरा न मानिएगा मूर्ख को सम्मान देना भी तो मूर्खता है।"

तभी किसी तीसरे के शब्द उभरकर स्क्रीन पर आए···

"कौन मूर्ख और कौन विद्वान् है? इसका फैसला तो कोई विद्वान् ही कर सकता है।"

तभी चौथी लेखिका ने कमेंट किया··· "वैसे कब कोई महामूर्ख कालिदास जैसा श्रेष्ठतम् लेखक बन जाए और कब कोई महान् विद्वान् रामबोला रामचरितमानस जैसे महान् ग्रंथ की रचना कर दे कौन जान सकता है?"

तभी एक और मैसेज आया··· "अरे मित्रों, सच तो यह है किसको मूर्ख और किसको विद्वान् कहें, कुछ पता ही नहीं चलता। यहाँ पर तो विद्वान् लोग भी अलग-अलग धड़ों में बँटे हुए हैं। सच तो यह है कि एक साहित्यिक गुटवाले लोग दूसरे गुट के लोगों को मूर्ख समझते हैं, फिर आप ही बताएँ, विद्वान् होने का पैमाना क्या हो सकता है।"

मैं तो केवल सबके विचारों को पढ़ भर रही थी, थोड़ी ही देर में वह वार्त्तालाप बिल्ली के गले में घंटी के समान बेनतीजा बंद हो गया।

□

राधा

घर पर काम करने के लिए आई कामवाली बाई से खाना-पीना, रहना सहना इत्यादि सब बातें तय हो जाने पर मालकिन राधारानी ने उससे पूछा, "अरे, तेरा नाम तो पूछना ही रह गया, भला क्या नाम है तेरा? किस नाम से तुझे पुकारती मैं और हमारे साहब?"

"राधा। राधा, नाम दिया है माँ-बाप ने हमारा।" चौंककर मालकिन बोली, "नहीं-नहीं यह नाम नहीं चलेगा। इस नाम से तो साहब हमको बुलाते हैं।" अच्छा ऐसा करते हैं कि आज से मैं तुझे 'रधिया' कहकर पुकारूँगी।"

"मालकिन आप हमें किशन प्यारी कहें तो कैसा रहेगा? इस बहाने सुबह-सुबह भगवान् का नाम भी आपकी जबान पर आ जाएगा।"

कुछ सशंकित होकर मालकिन मन-ही-मन सोंचने लगती है 'किशन' नाम तो हमारे साहब का नाम है, फिर इसको 'किशन प्यारी' कैसे कह सकती हूँ? सबके सामने कहूँगी तो मजाक और बन जाएगा। "चल तुझे रद्धू बोलू, चलेगा?"

नौकरानी मन-ही-मन, "नाम बिगाड़ने में बड़ा मजा आ रहा है; अच्छा भला नाम हमका महतारी-बापू ने दिया है। 'किशन प्यारी' कह देती तो क्या जबान घिस जाती? नहीं रधिया कहेगी, रद्धू कहने में अच्छा लगता है इनको। जाए ऐसी नौकरी भाड़ में बहुत देखी तुम्हारी जैसी राधारानी।" कल आऊँगी; कहकर ठुमकती हुई वह वहाँ से चल दी।

□

अंडासेल

बड़े से पिजरे में बंद चिडियाँ उन्मुक्त आकाश में उड़ती हुई गौरैयों को हसरत भरी निगाहों से देखती हैं। हर रोज उनको खुले आकाश में विचरण करते देखकर उनके मुँह से एक छोटी सी आह निकलती है कि काश! हम भी उस खूबसूरत आकाशीय दुनिया का मजा ले पाती। फिर लंबी सी एक साँस खींचकर, पर अफसोस कि हम तो बेगुनाह होते हुए भी 'नाइन-इलेवन' के हत्यारे कसाब के समान अंडासेल में बंद हैं।

अभी वह इस तरह से सोचकर दु:खी हो ही रही थी कि तभी उसकी ऐशो-आराम की जिंदगी से आकर्षित हो आसमान से उड़ती एक गौरैया पिंजरे के पास मँडराने लगी। अकेलापन भी कितनी अजीब चीज है, जो बेगानों को भी अपना बना देता है। पिंजरे की चिड़िया बोली, "हाय! परी क्या हाल है?" बाहर वाली चिड़िया बोली, "मै और परी? भला वह कैसे?" "और क्या? तू तो परियों के समान आसमान में उड़ा करती है और एक हम हैं कि···" कहते हुए वह मायूस हो उठी।

तभी उन्मुक्त आकाश की चिड़िया बोली···"पर, तू कितनी भाग्यशाली है कि बैठे-बैठे दाना चुगती है और एक हम हैं कि दिनभर, दाने-दाने को भटकती फिरती हैं। इन नालायक इनसानों ने पेड़ तो कटवा ही दिए और अब मुंडेरी पर हमारे लिए दाना-पानी भी नहीं रखते। कुछ चिढ़कर··· पर साल में पंद्रह दिन अपने पूर्वज काने कव्वे को जरूर खाना खिलाते हैं।"

पलटकर पिंजरे में बंद चिड़िया बोली, "तू क्या जाने इस सुख का दर्द? माना कि तू मेहनत करती है पर अपने दम पर जिंदा तो है।···तू खुली हवा में साँस

तो लेती है। एक हम हैं कि हमेशा मौत की घड़ियाँ गिनते रहते हैं।"

तभी पिंजरे में बंद सभी मुनियाँ चिल्लाईं, "मौसियों, बस आप सबको अपनी-अपनी पड़ी है, 10 × 8 के पिंजरे के अंदर बने एक और पिंजरे में बंद हम तो अंडासेल में बंद हो गई, भला हम कैसे अपने पंख फड़फड़ाए? हमने भला क्या गुनाह किया है? हम तो बगिया में गुनगुना रही थीं, फिर क्यों कसाब के समान हमें अंडासेल में बंदकर दिया गया है? कुछ आक्रोश के साथ यानी कि आतंकवादियों की सजा, हम प्यार भरे गीत गानेवालो को? भला यह भी कोई न्याय हुआ?"

तभी एक मुनियाँ चिल्लाई··· "सचमुच कानून अंधा हैं, तभी तो आँख में पट्टी बाँध दाहिने हाथ में तलवार लिये वह हम सब की भुजिया बनाने में लगा हुआ है।"

□

आँखों में समंदर

मंच पर कवयित्री कविता पाठ कर कही थी कि "मैने आँखों से समंदर को पार कर लिया"

यह सुन दर्शकों के बीच से हूटिंग होने लगी और सीटियाँ तथा तालियाँ बजने लगीं। तभी किसी ने फिकरा कसा—"भला वह कैसे मैडम?"

बिना घबराए तुरंत वह बोली, "दोस्तो! भावपूर्ण आँखों में समंदर सी

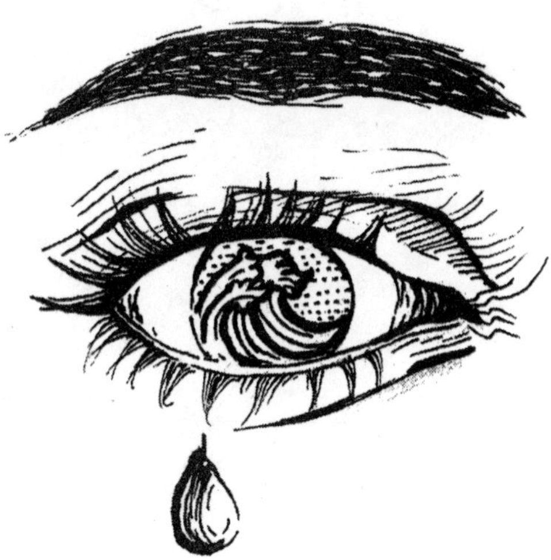

गहराई होती है, तभी तो आँसुओ में भी नमक होता है और समुद्र में भी। इनकी इस विलक्षण शक्ति के कारण ही इनसान संसार समुद्र में रह कर भी आरपार की जंग जीत जाता है।"

उसका यह जवाब सुन, कवि सम्मेलन में आए सभी श्रोता एक–दूसरे को सवलिया निगाहों से देखने लगे।

□

ईश की माँ

जाड़े के दिनों में सुबह के सात कब बज जाते हैं पता ही नहीं चलता, ऊपर से बच्चों के इम्तिहान पास होने की वजह से काम का दबाव कुछ ज्यादा ही होता है। वैसे भी उसे हर काम गंभीरता से करना पसंद है। अपनी कुलीग रागिनी के साथ वह टैंपो से उतरी। स्कूल जाने की जल्दी थी अत: तेज चाल से वे दोनों आगे बढ़ी जा थीं कि तभी अचानक उन्हें बिजली के खंभे के पीछे कूड़े के पास पड़े किसी बच्चे के रोने की आवाज सुनाई दी। अनायास ही करुणावश वे दोनों उस दिशा की ओर बढ़ चलीं, वहाँ एक मैली-कुचैली गठरी के अंदर से नवजात शिशु के तेजी से चलते पैर साफ दिखाई दे रहे थे, ऐसा लगता था कि नौ महीनों के गर्भ की प्रताड़ना उसके लिए नाकाफी थी, जो उसे पुन: गठरी में कैद कर दिया गया था।

यह तो कहो, थाना पास ही था। मोबाइल से सूचना देते ही पुलिस मौके पर पहुँच गई।

गठरी को खोलते ही, किसी प्रकार साँसों के ताने-बाने बुनती एक नवजात बच्ची उन्हें दिखाई दी। मन में एक सवाल उठा आखिर ऐसा कब तक? उस कुलमुलाती नन्ही बिटिया को जीवन के लिए संघर्ष करते देख आसपास की भीड़ सहित दोनों सखियाँ उसकी अनजान माँ को कोसने लगीं। तभी किसी ने पास पड़े बैग से दूध की शीशी निकाली और दूसरे ने उसमें रखा दुशाला। अब तक उस बच्ची के प्रति विजया का भी वात्सल्य छलक उठा था। पुलिस वाले से बच्ची को अपनी गोद में लेकर वह दुशाला ओढ़ाकर उसे दूध पिलाने लगी।

अब तक पुलिसवाले उसके बैग की तलाशी ले चुके थे, रिपोर्ट करने पर मीडिया भी वहाँ पहुँच चुकी थी। बाहर लोगों का हुजुम इकट्ठा हो चुका था,

तरह-तरह की बातें बन रही थीं, कोई उसे माँ की मजबूरी; तो कोई उस कन्या को किसी का पाप कह रहा था। जितने मुँह उतनी बातें हो रही थीं, पर कहीं से भी बच्ची का कोई सुराग नहीं मिल रहा था।

तभी दूध की बोतल को हिलाने के लिए जैसे ही विजया ने बोतल बाहर निकाली उसके अंदर से एक परची बाहर निकलकर उसकी गोद पर जा पड़ी···बड़ी जिज्ञासा के साथ उसने उस चिट्‌ठी में लिखे एक-एक शब्द पढ़ना प्रारंभ किया।

"मै जानती हूँ आप सभी इस समय मेरे बारे में अनाप-शनाप बोल रहे होंगे, कुछ लोग तो मेरे इस कृत्य को बेटी के भार से भी जोड़कर देख रहे होंगे, पर यह सत्य नहीं है। मैंने तो प्यार किया था, मेरे साथ छलावा हुआ है, सच्चा प्रेमी कभी छल को समझ नहीं पाता, वह तो अपने आराध्य के प्यार में दिनों दिन डूबता चला जाता हैं। मैं जानती हूँ कि इस वक्त आप सभी मुझे कुल्टा-कुलक्षणी और भी न जाने क्या-क्या कह रहे होंगे। पर अफसोस! कि इसके बाप को लेकर कोई भी सवाल नहीं खड़ा कर रहा होगा। आपमें से बहुत से लोग इसे नाजायज संतान भी

कह रहे होंगे, जबकि मेरी निगाह में यह बच्ची ईश्वर की संतान है; क्योंकि प्यार तो ईश्वर तक पहुँचने का रास्ता है, पर इस समय मैं अपनी बात पूरी तरह से आप लोगों तक पहुँचाने मैं में असमर्थ हूँ; क्योंकि जानती हूँ कि समाज की बँधी-बधाई मानसिकताओं को बदलना आसान नहीं होता है।

"कैसा है हमारा यह समाज? जो कुंती के पुत्र को सूर्यपुत्र की संज्ञा देता है, पर मैं यहाँ समान परिस्थितियों में घिरी, आप सबकी निगाह में अपराधिनी बनी हुई हूँ।

"बारह शास्त्रों की रचना करनेवाले प्रकांड विद्वान् गौतम ऋषि ने बिना तथ्यों को समझे पत्नी अहिल्या को शापित कर डाला, जबकि गौतम ऋषि का वेशधारण किए, इंद्र चोर रास्ते से निकल भागा।

"मैं तो यह समझती हूँ कि अहिल्या पत्थर की नहीं थी, उसने तो सदैव ऋषि का साथ दिया, पाषाण तो हमारा समाज है, जो हमेशा पवित्रता की बात औरत के लिए ही करता है। आप सभी से मेरी प्रार्थना है कि कोई करुणहृदय ईश्वर की इस संतान को स्वीकार लें?"

—ईष की माँ

□

मन मानता क्यों नहीं

इलाहाबाद के कुंभ मेले में एक-दूसरे से धक्का-मुक्की करती भीड़ चली जा रही थी, तभी वहाँ साधुओं के बीच उकड़ू बैठे उस व्यक्ति को देख मैं चौक पड़ा, अरे! ये तो विभूति चाचा हैं। हमारे मुहल्ले की पेंट की दुकान के मालिक, जिनकी दो जवान बेटियों ने पिछले ही साल रात के समय बंद दुकान के अंदर फँदे से लटक कर फाँसी लगा ली थीं। अंतिम बची दोनों छोटी बेटियों ने जैसे-तैसे कुछ दिनों तक दुकान चलाई, पर पिछले कुछ महीनों से दुकान ऐसे ही बंद पड़ी है। इस बीच पास ही एक और पेंट की दुकान खुल गई, और मुहल्लेवालों का काम अब फिर से आसान हो गया। कुछ ही दिनों में यह बात भी आई गई हो गई।

पर आज फिर से विभूति चाचा को देखकर सारी घटनाएँ चलचित्र के समान मेरी आँखों के सामने उभर आईं। अखबारों में छपे समाचार 'दहेज के कारण शादी न हो पाने के गम में सगी बहनों द्वारा फाँसी लगाकर आत्महत्या।' कितनी थू, थू हुई थी मुहल्ले में उनकी, पर कोई नहीं जानता कि उन बदनसीब बेटियों का बाप तो ईश्वर की खोज में घट-घट भटक रहा था। शायद उसे ईश्वर मिला भी हो या न भी मिला हो? कौन जाने? पर आज मैं देख रहा हूँ कि उसके जोगिया वस्त्रों में इतना जादू अवश्य था कि धर्मभीरू लोग उन्हें शत-शत प्रणाम कर रहे थे।

दूर खड़ा मैं यह सब दृश्य देख रहा था। कभी मन पीछे चला जाता तो कभी निगाहें इस ज्ञान और अविज्ञान के तमाशे को देखने लगती। उस वक्त मुझे विभूति चाचा या फिर उनके जैसे बाबाओं और गोवा के तट पर पड़े हिप्पियों के बीच

कोई खास फर्क दिखाई नहीं दे रहा था। मन में ख्याल आया कि पास जाकर उनको लताड़ूँ कि घर में दो-दो जवान शादीसुदा लड़कियाँ पड़ी हैं और तुम्हारी पत्नी का रो-रोकर बुरा हाल है तथा दुकान के बाहर लोगों ने कब्जा करना शुरू कर दिया है और तुम बाबा बने यहाँ पड़े हो?

मन किया कि उससे जाकर कहूँ "कि जब तक अपने इस जोगियापन को छोड़कर सबके सुख-दुःख में शामिल नहीं होगे और साथ मिलकर एक-दूसरे की खुशियाँ नहीं बाँटोगे, शवों से लिपटकर रोते-बिलखते लोगों के साथ रोने के लिए इस नश्वर संसार में नहीं लौटोगे, तुम्हें कभी ईश्वर नहीं मिलनेवाला।" पर मैं जानता था कि वहाँ मेरी आवाज नक्कारखाने में तूती बन जानी है। मन में कुछ भार लिए मैं भारी कदमों से संगम की ओर बढ़ चला, बेमन से गंगा में डुबकियाँ लगाईं और उलटे पैर वहाँ से वापस होटल को लौट आया।

अब कभी-कभी एकांत में मैं सोचता हूँ कि एक घर बचा सकता था मैं। पर अपनी बुजदिली के कारण बचा न पाया। तभी उलटा ख्याल आया कि यह कैंसर तो इतनी बुरी तरह से हमारे समाज में फैल चुका है कि इधर हाथ रखो तो उधर फैल जाता है और उधर हाथ रखो तो इधर। यह सोचकर आज तक मैं खुद को समझा रहा हूँ, कभी मन मान जाता है और कभी मानने से इनकार कर देता है।

□

मुसकराहटें

"मन दर्पण में देख-देखकर,
अब मुझको मुसकाना है।"

गुनगुनाते हुए वह लड़की अपने तन-मन के घावों को लिए आहिस्ता से पास पड़े सोफे पर जा बैठी। इंटरव्यू तो मैं क्या लेती उसका। लगभग पूरे चेहरे से जली तेजाब कांड की उस पीड़िता का आत्मविश्वास देख मैं चमत्कृत हुए जा रही थी। सकुचाते हुए कुछ आश्चर्य मिश्रित शब्दों में बातों के दौरान मैंने उससे पूछा, 'बड़ा बुरा लगता होगा, जब शीशे में अपनी छवि तलाशती होगी।' तपाक से वह बोली, "न रूप रहा न शीशा, सारे शीशे तोड़ डाले है मैने" अब तो मन दर्पण में ही कुछ मुसकराहटें अकुला रही हैं।

□

3 बी.एच.के.

आज मिसेज मेहरोत्रा खासी उल्लासित थीं हो भी क्यों न, आज पुराने घरों को नए महलों सा सजाने में पारंगत इंटीरियर डिजाइनर अंजली की उनके घर में विजिट जो थी। बड़े-बड़े गैजेट पर काम करनेवाली ऐसी गुणी लेडी का इतना बेतकल्लुफ होकर उसके घर पर आना! यह बात सोचकर दो दिनों से वह रोमांचित हुए जा रही थी। श्रीमान् जी ने भी मैडम का साथ दिया और वे बेकरारी से उसका इंतजार करने लगे।

तभी ठीक 12:30 पर डिजायनर अंजली की गाड़ी उनके घर के बाहर रुकी। और थोड़ी ही देर बाद दोनों पति-पत्नी बड़े शौक से अपने घर का अवलोकन उसे करवा रहे थे। साथ आया ड्राफ्टमैन मैडम के निर्देशानुसार कमरों का नाप लेता जा रहा था।

अब वे पहली मंजिल पर थे। एक-एक कर उन्होंने इंटीरियर डिजाइनर को अपनी फ्यूचर प्लानिंग बताई। अंजलीजी के काम के प्रति समर्पण को देखकर वे अपने घर को रोल मॉडल के समान सजाने का सपना देखने लगे।

मिसेज अंजली भी बड़े धैर्य के साथ उनकी बातें सुन रही थी और एक-एक कर उनकी सभी जरूरतों को अपने डायरी में नोट कर रही थी।

विजिट पूरी होने के बाद आराम से सोफे पर बैठकर वार्त्तालाप करते हुए, जब इंटीरियर करवाने के लिए उसने उनसे बजट जानना चाहा तो थोड़ा हिचकते हुए वे बोले, “मैडम जितना कम-से-कम खर्चे में काम हो जाए उतना अच्छा होगा।” हिम्मत करके पत्नी बोली, “यही कोई दो से तीन लाख में आपको हमारा घर शहंशाहों का सा बनाना होगा।”

घर सजाने से संबंधित उनका बजट सुनकर डिजायनर की सोच में एक छोटा सा झटका लगा। खुद को संयमित कर उसने अपनी फीस ली और अपनी फाइनल एडवाइस दी कि "अच्छा होगा कि आप लोग इस सीलन भरे अस्सी साल पुराने मकान को बेचकर किसी अच्छी कॉलोनी में सुंदर सा फ्लैट खरीद लें। इस प्रकार आपके सपने भी पूरे हो जाएँगे और इतने टूटे-फूटे मकान में ढेरों पैसा लगाने की टेंशन से भी आप बच जाएँगे; वैसे भी घर में आप दोनों के अलावा एक बेटा और बूढ़ी माँ ही तो हैं, थ्री बी.एच.के. का बड़ा फ्लैट आप लोगों की जरूरतों को देखते हुए काफी होगा। कहना तो नहीं चाहिए पर व्यावहारिकता तो यही कहती है कि बचे हुए पैसों को आप अपनी वृद्धावस्था के लिए सुरक्षित रख चैन से जिंदगी बिताइए।"

यह सलाह देकर वह अपनी गाड़ी में बैठकर वापस चली गई। अब तो उसके जाते ही दोनों मियाँ-बीवी उसको कोसते हुए कह रहे थे, "इतनी मुश्किल से खाली हुए मकान को बेच दे? बाप-दादाओं की निशानी भी कहीं बेची जाती है? कहाँ तो जड़-जमीन से जुड़ा हुआ अपना यह मकान और कहाँ कबूतर खाने से फ्लैट?" वह बात और कि उन्होंने गौर न किया होगा कि जाने कितने कबूतर खाने तो घर न सँभल सकने की स्थति में उसकी घर की छत पर ही बन गए थे, जहाँ पर चारों तरफ बिल्लियों और बंदर ने तांडव मचा रखा था।

उधर पत्नी बड़बड़ा रही थी कि आसान काम है एक मकान मालिक होना? और पति के पास आकर फुसफुसाकर बोली, "बचपन में माँ कहा करती थी कि जिनके अपने मकान होते हैं उनके घर पर लोग बेटियाँ ब्याहना अधिक पसंद करते हैं। जो दो चार लाख रुपए मेंटेनेंस में लगते उससे ज्यादा तो कपिल की शादी में दहेज आ जाता। खैर, अपनी-अपनी अक्ल है।" कहते हुए उसने एक लंबी साँस भरी। तभी कुछ नाराज होते हुए पति बोला, "पहले ही कहा था कि यह इंटीरियर-शिंटीरियर केवल चोचलेबाजी है।" अभी पतिजी की बात खत्म भी न हो पाई थी।

ड्राइंगरूम की अस्सी साला बूढ़ी सीली दीवार ने जो अपना मुँह खोलना चाहा भरभराकर प्लास्टर नीचे आ गिरा, तभी सामनेवाला दरवाजा चरचराकर बोला, "तुम सब मेरी कायाकल्प करना चाहते हो? पर कहीं बूढ़ी काया का

भी कायाकल्प होता है?" उधर से कराहते दीवार बोली, "वेंटीलेटर पर पड़ी अंतिम साँसें गिनती भला मैं तुम सबका सहारा कैसे बनूँगी? मेरे बच्चों, एक दिन रिटायरमेंट के बाद धीरे-धीरे तुम्हारा भी यही हाल होना है। इससे पहले कि कोई हादसा हो जाए घर का मोह त्यागो और भाग जाओ अपने सपनों के संसार में, जो आकार में भले ही छोटा होगा पर वहाँ तुम्हारे सारे सपने सुरक्षित होंगे।"

☐

ए.टी.एम. मशीन

"दो साल हो गए बिटिया को यहाँ काम करते हुए, अब तो काम भी सीख गई है, पूरी दुगनी तनख्वाह बढ़ाओ तब बिटिया को यहाँ छोड़ूँगी, नहीं तो इसे लेकर मैं इसे चली।" यह कहती हुई कामवाली बाई कार्टून देख रही अपनी बिटिया पूजा की ओर लपकी।

बाहर मालकिन और माँ की बातचीत से अनजान दस साल की वह अबोध माँ को देखकर बोली, "हम न जाई, हमको यहाँ पर सब लोग बहुत चाहत है, कल गाड़ी से जाकर भाभी हमें नई गुलाबी फ्रॉक दिलवाएगी।" पर उस समय गुस्से के मारे उसकी माँ राजकुमारी को कुछ नहीं सूझ रहा था। कसकर उसका हाथ मरोड़कर, "चलती है कि नहीं हरामिन, मुँह लड़ाती है, मैंने तुझे जनम दिया चंडिका। और आज ये तेरी माँ बन बैठी।" उसके मुँह पर दो थप्पड़ मारकर, वह उसे तेजी से खींचकर अपने घर ले जा रही थी। और उधर पूजा बिटिया का रो-रोकर बुरा हाल था। उस समय वह रो-रोकर चिल्ला रही थी, "मालकिन बहुत अच्छी है, तुम्हारे घर में घिमौरियाँ हैं, यहाँ ठंडे-ठंडे ए.सी. में अच्छा लागत है। ये लोग मुझे गाड़ी में घुमाते हैं, होटल में खाना खिलाते हैं, हमका यहाँ पर अच्छा लागत है, हम तुम्हरे घर न जाईब।" कहकर उसने माँ से अपना हाथ छुड़ाना चाहा।

उधर मालकिन "काहे मारती हो बिटिया को" कहकर उन्हें शांत करवाने की कोशिश कर रही थी। उसके चेहरे पर कमीनापन मुझे साफ नजर आ रहा था? पर पड़ोसियो के मामले में भला मैं कौन होती हूँ बोलनेवाली?

फिर भी दिल न माना; मेरे घर के पास से जब पूजा की अम्मा गुजरी,

उसको शांत करवाते हुए, मैंने सुबह घटा सारा माजरा जानना चाहा, तो मेरी सहानुभूति पाकर वह फट पड़ी, "देखो टप्पी की मम्मी, आप ही बताओ ढाई हजार रुपए में लौंडिया से चौबीस घंटे बेगार करवात है और फिर गरीब के बच्चे को ए.सी., टी.वी., मोटरकार और होटल की गंदी लत लगवाकर बड़ी भली बनती है ये बगलेवाली। (बिटिया के मुँह पर फिर से एक तमाचा मारते हुए) उस पर यह लौंडिया भी अब मेरा कहना नहीं मानती, जाने कौन सा जादू-टोना कर दिया है लौंडिया पर।" इस प्रकार कहते हुए, वह बड़बड़ाती हुई, अपनी ही धुन में चली जा रही थी।'

उस समय अपने बँगले के गेट पर खड़ी मैं सोच रही थी, आज नन्ही पूजा मालकिन को अपनी माँ से बढ़कर मान रही है, पर वह अबोध, इस दुनिया का

कमीनापन क्या जाने ? एक तरफ माँ–बाप उसे जन्म देकर वक्त से पहले ए.टी. एम. मशीन बना देना चाहते हैं, वहीं माँ–बाप से टूटी यह बच्ची मालकिन के मीठे जहर भरे चंगुल में समाती जा रही है।" सच तो यह है कि उनमें से कोई भी उसकी शिक्षा की बात नहीं करता। जबकि इस उम्र के बच्चों के लिए हर जगह सरकार ने मुफ्त पढ़ाई की व्यवस्था कर रखी है।'

'ऐसी बदकिस्मत नसीबन के लिए क्या रोएँ और क्या हँसे' इस प्रकार सोचते हुए मैं गंभीर हो गई।

□

गरल

पहली बिदाई में जब वह माँ के घर आई उसे गले लगाकर, एक-एक कर माँ उससे पूछती है, "बेटा ससुराल मैं सबको सुभाव-व्यवहार किसो है? किसा लागा सब लोग तन्नै? ओर किसो लागो, तेरी सासु नैं म्हारों देन-लेन?"

एक पल के लिए भी अर्चिता की आँखों में देखे बिना, अति उत्साहित होते हुए, अपनी ही कल्पनाओं में मस्त राधिका उससे पूछ रही थी।··· "दायजो (दहेज) देखकर तो उनाकी आँखा फटी-की-फटी रह गई होगी?" इस प्रकार बार-बार उत्साहित होकर वह खुद ही सवाल और खुद ही जवाब दे रही थी।

उस वक्त अर्चिता के मन में एक अजीब सी ऊहापोह की स्थति थी कि माँ की इस बात का क्या जवाब दूँ मैं? एक लावा सा पिघल रहा था उस वक्त, उसके अंदर? उसने माँ की उत्साहित आँखों में झाँका और फिर आगे कुछ बोलने का साहस ही न कर सकी। बात को बदलते हुए··· "माँ मेरी पसंद की कतली बनाई है क्या?" यह कहते हुए वह माँ के साथ किचन में घुस गई।

यों भी अगले हफ्ते बेटी के यहाँ बरगदाई का बायना भिजवाना था। माँ बड़े शौक से जल्दी-जल्दी महाराजिन चाची के साथ सुहाल बनवाने में लग गई। बात वहीं आई गई होकर खत्म हो गई।

अबकी बिदा करते समय माँ कह रही थी, "थारै यहाँ इतनो लेन-देन कोनी होवै, म्हारो लेन-देन देखकर तो तेरी सासू खुश हो जावैगी।" हालाँकि यह लेनदेन की केमिस्ट्री उसकी समझ से बाहर थी, वह तो सिर्फ हँसना और मुसकराना चाहती थी और अपनी जिंदगी को भरपूर जीना चाहती थी और नई ब्याहता अपने प्रिय के आलिंगन के लिए बेकरार थी। पर यह क्या···? किस

पचड़े में फँस गई हूँ मैं? यह सोचकर; उसकी आँखें कुछ भर आईं। बेवजह माँ को दु:ख होगा, यह सोचकर वह गरल पी गई।

ससुराल में पहुँचकर अभी अपने बेडरूम तक पहुंच भी न पाई थी कि सासजी की दनदनाती हुई आवाज सुनाई दी, "वाह री! इनकी महतारी, बड़ी कंजूस है, एक चाँदी का बरगद तक ना ही दीहन्ह और एक हम हैं कि जीवन भर उनकी बिटिया को बैठे खिलाये?"

उधर जेठानी की आवाज सुनाई दी, "लेने-देने की कोई बात नहीं है

माताजी, यह तो अपने-अपने शौक होते हैं।" यह बात कहकर मानो वह उस घर में अपना एकछत्र राज्य बना लेना चाहती थी। अर्चिता उस समय अवाक् सी खड़ी उनके उलाहने सुन रही थी, वह जानती थी, कि वह निर्दोष है पर आज रीति-रिवाज के नाम पर उसकी बलि चढ़ाई जा रही थी, दिल तो किया कि चीखकर कह दे, "शौक तो दोनों तरफ से होते हैं, फिर आपकी साड़ी तो महँगी-से-महँगी और आपकी पसंद की ही तो लेकर आई हूँ पर स्कूल के दिनों में वाद-विवाद प्रतियोगिता में हमेशा अव्वल आनेवाली वह लड़की आज चुप थी, पर उस समय उसके दिल की धड़कनों ने तेजी से धड़कना शुरू कर दिया था। पूजा करने के लिए, जब वह पूजाघर में आई साथ में अपनी माँ की दी साड़ियाँ भी ले आईं, जैसे ही उन्हें दिखाना चाहा बड़ी उपेक्षा से वह बोली, "रखो उठाकर, का देखें? हमका थोड़ी न दीन्ह है, अपनी बिटिया को दीन्ह हैं।" बड़ी बेरूखी के साथ, "जाओ पहनो।" त्योहार के दिन आज वह रीति-रिवाज की चिता पर खुद को गिरा हुआ महसूस कर रही थी, पर पेड़ से टूटे पत्ते के समान इधर-उधर फड़फड़ाकर गिर जाने के अलावा उसके पास उस वक्त कोई और रास्ता भी न था। वह कहना चाहती थी कि नानाजी ने भी मुझे मुँह दिखाई में जो चेन दी है वह भी तो मुझे मिलनी चाहिए, पर उस वक्त उसके दिमाग ने भी उसका साथ छोड़ दिया था।

ससुरालवाले अपनी रईसी का वास्ता देकर शादी के बाद उससे नौकरी भी नहीं करवाना चाहते थे। या फिर उन्हें डर था कि उसकी मजबूत दीवारों से कहीं घर का विघटन ही न हो जाए। तभी उसकी तंद्रा भंग हुई। माँ-पापा से कह रही थी, "म्हारो जिसो लेन-देन देखकर तो इकी सासू की आँखें चकाचौंध हो गई होंगी।" आहिस्ता से गरदन उठाकर माँ को देखा, उसका उल्लसित चेहरा देख, वह आज फिर माँ को छेड़ना नहीं चाहती थी।

और फिर से उसने चुपचाप एक और 'गरल' पी ली।

□

सफेद चादर

"चलो-चलो देरी हो रही है, बहू का बचा-कुचा काम भी कर लिया जाए" भीड़ को चीरती कुटुंब में से किसी की आवाज सुनाई दी। कानों से फड़फड़ाकर आवाज निकल गई, एक क्षण के लिए रोते हुए सास ने बहू की चेन-अँगूठी तो निकाल दी पर उसकी पायल-बिछिया छूने का साहस न कर सकी। सुबकते हुए बोली, "कैसे उतार दूँ, इसका सुहाग, अभी-अभी तो ब्याह कर आई है, अभी तो साल भर का सिंदूर भी खत्म नहीं हुआ और मैं? मैं औरत होकर इसका सुहाग छीन लूँ?" कहकर सास-बहू गले लगकर फूट-फूटकर रोने लगीं।

उधर भीड़ में से बड़े ताऊजी की आवाज सुनाई दी, "चलो बिरदी जल्दी करो।"

मिट्टी की बुत के समान खड़े बिरदी चाचा के हाथों में किसी ने बहू को उढ़ाने के लिए सफेद चादर दे दी—अब तो बिरदी बाबू फूट-फूटकर रोने लगे, "अभी छह महीने पहले ही तो बहू नै लाल चूनड़ उढ़ाकर घर लायो थो, नहीं उड़ा सकतो मैं सफेद चादर ई पर या बाईस बरस की छोरी तो जीते जी ही मर जावैंगी।" हाथ में ली चादर वहीं फँसी-की-फँसी रह गई और बिरदी बाबू बेहोश होकर गिर पड़े। जवान बेटे का अचानक जाना कलेजे पर हजार आरियाँ चला देता है। यही हाल आज वहाँ उपस्थित हर एक आदमी का हो रहा था, लगता था कि उस घर की खुशियाँ हमेशा-हमेशा के लिए कहीं जाकर दुबक गई हैं।

थोड़ा होश आने पर श्वसुर ने छोटे बेटे अभय को इशारे से पास बुलाया, भाभी के प्रति उसका आकर्षण जानकार और बहू का हाथ उसके हाथ में पकड़ा

दिया और रोते हुए उसकी पीठ पर हाथ रखकर बोले, "ले तेरो सुहाग फिर से आ गयो, बेटों तो म्हारो गयो है", न रो बेटा–न, कहकर किसी तरह खुद को सँभाल रहे थे।

आगे बढ़कर सिर पर हाथ फेरते हुए सास बोली, "जा बेटा तेरो सुहाग अमर रवै" और यह कहते हुए उसकी जबान लड़खड़ा गई पर उस समय उसके चेहरे पर एक दैवीय भाव था।

आसपास खड़े कुटुंब-कबीलेवाले उस समय घरवालो की प्रशंसा किए नहीं अधा रहे थे।

इस बीच भीड़ को चीरती दो आकृतियाँ तेजी से पास आती दिखाई दीं। बेटी के बाप ने बेटे के बाप को कसकर गले से लगा लिया और फिर भीड़ की ओर मुखातिब हो रूधे गले से बोला, "म्हानैं तो जनक जी जिसा समधी मिल गया" उधर बेटी की माँ, बेटे की माँ के चरणों में पड़कर-रोते हुए कह रही थी, "धन्य हो थे सगी जी, म्हारी छोरी नैं तो आज असली माँ–बाप मिला हैं; म्हें तो इका जनम भर का माँ–बाप हाँ।" यह कहते हुए दोनों फिर से समधी–समधिन के पैरो में झुक गए; "धन्य हो थे! अपने दुःख से ज्यादा थानैं म्हारी छोरी को दुःख भारी लागो।"

अभी भी पास खड़े लोगों की आँखों में आँसू थे, पर इन आँसुओं में अबतक गरमाहट की जगह निर्मलता आ गई थी; क्योंकि सफेद चादर तो अब तक मृत्य शरीर पर डाली जा चुकी थी।

□

माँ और गौरैया

वह देखो, रोशनदान न हो, जैसे किसी गौरैया का मैटरनिटी होम हो, बड़े चाव से वह अंडे देने के लिए घोंसला बनाने में मगन है, कुछ ही दिनों बाद वह इसमें अंडे देगी, वक्त आने पर अंडे सेंकेगी, फिर एक-एक दाना लाकर बच्चों को चोंच से खिलाएगी। माँ के आँचल के तले पलकर एक दिन ये बच्चे अपनी माँ के समान सुंदर व स्वस्थ बन जाएँगे और फिर··· ? फिर··· नीलगगन में उड़ जाएँगे और साथ ही गौरैया भी, यह सोचते हुए अमिता की

आँखो से टपटप आँसू गिरने लगे। शायद ऐसा ही कुछ तमाशा होता है इस जिंदगी के साथ।

हवा का एक तेज झोंका आया और उसकी जिंदगी के पन्ने पट-पट पलटने लगे···यही सब हाल तो मेरे साथ भी हुआ है। शायद प्रकृति का यही नियम है, कृष्ण भी तो हमेशा माता यशोदा की गोद में नहीं बैठे थे और भगवान् राम को भी तो जनकल्याण के लिए सबकुछ छोड़कर अयोध्या से जाना पड़ा था। पर एकांत पाकर आँसुओं ने भी उधम मचा रखे थे। मन-ही-मन वह सोच रही थी कि इस ममता का क्या करूँ, जो दिन-रात मुझे पागलों की तरह तड़पाती रहती है, शायद गलती मेरी ही थी कि घोंसला बनाने के चक्कर में मैं भूल गई थी कि मेरे पास भी पंख हैं। मैंने ही अपनी पढ़ाई का कभी सदुपयोग करना न चाहा और न ही अपने गुणों तथा रुचियों को बढ़ाने का कोई प्रयास किया। अरे, बच्चे तो बच्चे हैं, फिर वे चाहे इनसान के हों या फिर पशु-पक्षियों के। विद्रोह तो होना ही था।

□

पता नहीं

कुछ दिनों से मुझ पर आदर्शवाद का भूत सवार हो गया था। उस दिन जब मैं मिठाई खरीदने कंपनीबाग के पास स्थित बंसीवाला के यहाँ पहुँचा, गाड़ी का दरवाजा खोलते ही लगभग दस साल की भिखारिन सी दिखनेवाली लड़की ने पैसे माँगने की गरज से मेरे सामने हाथ फैला दिया।

एक सभ्य जागरूक नागरिक होने की हैसियत से मैंने उस लड़की से जानना चाहा, "पढ़ती क्यों नहीं?" उस वक्त वह मुझे फटी-फटी आँखों से कुछ इस तरह से देख रही थी कि मानो मैं कोई मंगलग्रह की बातें कर रहा हूँ। बिना उसके उत्तर की परवाह किए पास खड़े बच्चों की तरफ इशारा कर मैंने पूछा, "ये सब कौन हैं?" बड़ी आशाभरी निगाहों से मुझे देखते हुए वह बोली, "यह भोलू है, यह चिकलू और यह राजा है।" मैंने सवाल किया कि क्या तुम सब भाई-बहन हो? बड़ी मासूमियत से उसने जवाब दिया, "नहीं पता।" हालाँकि मुझे मिठाई लेने कि देरी हो रही थी, फिर भी मैं पूछ बैठा, "तुम सब साथ में रहते हो?", "हाँ···बड़ी आशाभरी निगाहों से राजा और चिकलू चिल्लाए", "हाँ···" तुम्हारी माँ कहा है?" मैंने पूछा।

"घर पर" संक्षिप्त सा उत्तर मिला।

"कोई काम क्यों नहीं करती?"

"कहती हैं बव्वा छोटा है, और दूसरा बबुआ आनेवाला है।"

अब तक मुझे उसकी कहानी में रुचि जाग्रत् होने लगी थी। उसके हाथ में अठन्नी टिका आज मैं सारी हकीकत जान लेना चाहता था।

"और पापा?"

"भाग गए?"

"कहाँ?

"दूसरी मम्मी के पास।"

"ओह, तब तो तुम लोगों को बहुत दुःख होता होगा?"

"पापा न आए तो?"

"पता नहीं।"

तभी चहककर आधा कच्छा नीचे खिसखाए उनमे से एक बच्चा बड़ी मासूमियत से बोला, "मम्मी कहती हैं पैसे लाओ तभी खाना दूँगी।" यह सुन मैं समझ नहीं पा रहा था कि इन पर दया करूँ या गुस्सा?

मैंने कहा, "पता है, भीख माँगना बुरी बात है?"

"पता नहीं।"

"और खर्चा कैसे चलता है?"

आँखो में कुछ चमक भरकर कुछ उछलते हुए राजा बोला, "दूसरे पापा हैं न!"

यह सुनकर मैं अब उनकी तरफ फटी आँखों से देखने लगा। साथ आए बच्चों की तरफ इशारा कर, "ये सब कौन हैं?" मेरे भाई-बहन हैं?"

मेरे अंदर के कुलमुलातें संस्कार अब तक कुछ ठंडे पड़ने लगे थे, नसों में दौड़ते लहू ने भी गति धीमी कर दी थी।

अभी तक जो मन इन बच्चों के लिए कुछ कर गुजरने की हदें पार कर लेना चाहता था।

एक ही क्षण में, झट गाड़ी का शीशा चढ़ा बिना मिठाई लिए मैं वहाँ से भाग खड़ा हुआ।

□

गुडबॉय डार्लिंग

केतली में खौलती चाय ने चीनी से कहा, "देखो, मैं हूँ तो तुम हो, मुझसे ही तुम्हारी जिंदगी की रंगत है।" मैं यह, मैं वह, फिर यह मैं वह मैं करती गई।

यह चीनी भी अब पहले जैसी—बड़े-बड़े दानोवाली पीली-पीली और सिकुड़ी चीनी न थी वक्त ने रिफांइड कर दिया था उसे, मटककर झट से बोली, "मेरे बिना कौन सी तुम्हारे जीवन में मिठास रह जाएगी भला ? मेरे आने के बाद से ही तो आसपास वाले लोगों ने हमारे में इंटरेस्ट लेना शुरू कर दिया है।" इससे पहले कि चाय की पत्ती कुछ उत्तर देती, उछलकर पानी बोला, "अपनी-अपनी बड़ाई करने से कुछ न होगा बहनों! 'जल ही जीवन है' सच तो यह है कि जब तक मैं लोगों की आँखों में रहूँगा, कोई उस व्यक्ति का बाल बाँका न कर पाएगा।

तभी बगल से मलाईरानी चिल्लाई, "मैं कभी तुम लोगों के निजी मसलों में दखल नहीं देती।" यह सुन चीनी और पत्ती दोनों एक-दूसरे की तरफ देखते हुए जैसे ही कुछ बोलने को हुई, मुँह से धुआँ निकालते हुए, चाय की केतली फटफटाई, छलनी भी कम न थी, तभी जलती गैस भी कुछ बोलने को उद्यत हुई, फिर माचिस रानी क्यों रूकती भला और फिर कप, प्लेट, ट्रे सभी क्रेडिट लेने के लिए उठ खड़े हुए। उस वक्त सभी के बीच क्रेडिट लेने की होड़ मच गई।

मौके की नजाकत को समझ, समझदारी दिखाते हुए खौलती हुई चाय ने, अपनी मुसकान फेंकते हुए चीनी के सामने बाँह पसारकर कहा, "आ जाओ-आ जाओ मेरे जीवन की मिठास मेरी आगोश में आ जाओ, सच तो यह है कि अपने आप पर इतराती मैं कभी तुम्हारे वजूद को समझ ही न सकी। अगर हम

अलग-अलग अपनी वजूद तलाशेंगी तो यों ही धुल कर खत्म हो जाएँगी और दूसरे हमारी इस बेवकूफी का फायदा उठा ले जाएँगे।"

आगे वह बोली… "हमें हर किसी के महत्त्व को समझना चाहिए, यह कहते हुए चीनी हमेशा-हमेशा के लिए पानी में विलीन हो गई और गुडबॉय कहने से पहले बोली—"आखिर उद्देश्य तो हमारा एक ही था न।"

□

वैल्यू

ग्राहक—हैलो?

मूर्तिकार—हाय!

ग्राहक— क्या आप लखनऊ आर्ट्स कॉलेज से मिस्टर के.एन. रॉय बोल रहे?

मूर्तिकार—येस् सर! प्लीज टेल मी।

ग्राहक—ऑय एम फ्रॉम पटना। ऑय वुड लाईक टू परचेज योर आर्ट पीस।

मूर्तिकार—विचवन?

ग्राहक—आय हैव सीन आ लाईफ साइज् फीमेल स्टैच्यू, इन योर साइट, आई वॉन्ट टू नो इट्स प्राइस्?

मूर्तिकार—ऐट्टी थाउसेंड रुपीस् इज्, फॅर दैट फैनटॉस्टिक वर्क।

ग्राहक—(कुछ चौंककर) व्हॉट? ऐट्टी थाउसेंड? डोंट यू थिंक इट्स ए बिग एमाउट?…

अचानक पूछे गए प्रश्न से कुछ हड़बड़ाते हुए मूर्तिकार बोला—आय कैन गिव यू टेन परसेंट डिस्कॉउट।

ग्राहक,—"नो, नो इट्स वैरी-वैरी एक्सपेंसिव।

मूर्तिकार—महोदय! कला की कीमत तो अमूल्य होती है फिर यह एक यूनिक् पीस है, इसको बनाने के लिए मुझे कम-से-कम पाँच से छह महीने लगे हैं।

ग्राहक—मैं एक लोहा व्यापारी हूँ, मैं अच्छी तरह से जानता हूँ कि इसको बनाने के लिए पाँच से छह किलो लोहा और दो बोरी सीमेंट से ज्यादा नहीं लगी

होगी। दस हजार लेना हो तो बताइए? इससे ज्यादा कीमत मैं आपको नहीं दे सकता हूँ।

इस बार मूर्तिकार को उसकी बदतमीजी पर गुस्सा आ गया, परंतु खुद को सँभालते हुए वह बोला, "सर आप भी तो ईश्वर के द्वारा बनाई हुई एक नायाब कृति है। क्या मैं जान सकता हूँ 'कि' "जनाब की क्या कीमत है?"

"अनमोल।"

वह हँसा व्यंग्यात्मक तरीके से, "हा, हा, हा, हा, अनमोल?" (फिर कुछ तेज आवाज में) महाशय! जिनके ऊपर आप अपने पैसे लुटाते होंगे, केवल उन्हीं के लिए आप 'अनमोल' हो सकते हैं, परंतु कलाकृतियो को मिट्टी-गारे से तौलने वाले ऐसे हृदयहीन व्यक्ति की कीमत हम कलाकारों के बीच 'दो कौड़ी' की भी नहीं है।"

यह कहते हुए मूर्तिकार ने अपना मोबाइल स्विचऑफ कर दिया।

□

डबल गेम

बुलावे की घंटी बजते ही निर्मला देवी सीधे पल्ले की अपनी वॉयल की साड़ी को कंधे से ठीक करती हुई; किसी तरह अपने भारी-भरकम शरीर को सँभाले, आटे में सने हाथों से मुख्य दरवाजे को खोलती हैं। "अरे जीजी तुम!" ननद को देखते ही पैर छूने के लिए जल्दी से नीचे झुकीं, "अरे भाभी, आप तो हमसे बड़ी हैं, आओ गले मिलें।"

भाभी—"बड़े दिनों बाद आई जीजी!"

ननदरानी—"हाँ, मौका ही कहाँ मिलता है। हर कोई अपनी-अपनी गृहस्थी में फँसा है।" भाभी-"आओ, जीजी सोफे पर बैठों मैं जरा आटा गूँथ कर आती हूँ।"

"घर में बड़ा सन्नटा है, क्या बात है घर पर कोई नहीं है क्या? बाबू किधर है?"

"अरे जीजी, जब से ऑपरेशन हुआ है उठ ही नहीं पाते हैं। अच्छा आती हूँ।" कहते हुए··· निर्मला देवी किचन की ओर बढ़ गईं! मन-ही-मन रजनी··· "चलू चलकर बाबू को तो देख आऊँ, कही औरत के जाने के बाद मर्द की कोई कदर होती है भला? इनके तो चौके के धंधे ही खत्म नहीं होते तो बूढ़े आदमी की सेवा क्या करेगी, फिर भाभी की दोनों बहुएँ भी तो दिखाई नहीं दे रही हैं। चलो, लड़के तो होंगे। शायद, कहीं काम से गए हों और भाई साहब को तो दुकान से ही फुरसत नहीं, बिना घर वालों के कहीं घर, घर लगता है? चलो चलकर देखूँ भाभी क्या कर रही है?" यह सोचते हुए वह किचन की ओर बढ़ी··· "अरे, भाभी आप अकेले ही काम में लगी हैं, लाइए मैं काम करवा दूँ, "अरे नहीं। नहीं", कहते हुए निर्मला ननद रानी को काम करने के लिए मना करने लगी। मन-ही-

मन "हाँ काम करेगी, बिना बताए तो चली आई काम बढ़ाने, अपना चोला तो चलता नहीं, घर में एक बूढ़ा पहले ही बीमारी का बहाना कर पड़ा है, ऊपर से चली आई हैं ये।"

"लाओ भाभी छर्री (छोटे) आलुओं को छीलने में समय लगेगा मैं छील देती हूँ।" "जीवन भर तो इसकी माँ के राज में नौकरानी बनी रही अभी भी कर लूँगी।'' पर प्रत्यक्ष में बोली, "नहीं जीजी, तुम ड्राइंग रूम में बैठों मैं आती हूँ।" वहाँ अकेले अच्छा नहीं लगता, यहाँ धूप में बैठ जाती हूँ, "न करवाए काम, वह तो ऐसे ही कह दिया था। कौन तुम्हारे घर पर रहने आई हूँ। यह तो भइया इतना प्यार करते हैं तो चली आती हूँ, रजनी, रजनी कहते उनका गला सूखता है, बिना उनसे मिले चली जाऊँगी तो उन्हें बुरा लगेगा।" धूप सेकते हुए··· "तुम्हारे चौक में धूप अच्छी आती है। अरे हाँ, बड़ी बहू पायल कहाँ है?" "भाँजी की शादी में दिल्ली गई है" "और पारूल?" "उसे अपने लड़कन-बच्चन से छुट्टी मिले तब न।" तभी छोटी बहू पारूल गोदी में आविका को लिए सीढ़ी से ऊपर चढ़ती दिखाई दी। बुआ की गोद में आविका को देकर पैर छूने झुकी। तभी निर्मला देवी मन-ही-मन सोचती है, "दिखाती है कितने अच्छे हैं! अरे, तुम्हीं लोगों की चाकरी करवा-करवाकर तो तुम्हारी माँ ने हमें बूढ़ाकर दिया, कब जवानी आई और चली गई पता ही नहीं चला।" "तभी जीजी तुम्हारे तो बाल कुछ सफेद हो गए थे रँगती हो क्या?" "हाँ, तुम्हे भी रँगने हैं?" निर्मला देवी बिना कुछ कहे मुँह बनाकर, "हुँ अब क्या रँगूगी, जब समय था तब किया नहीं, अब क्या करूँगा रँगकर!" "अरे, जीजी कब से आई हुई हो। गृहस्थी के झंझट में तुमसे चाय-नाश्ता भी नहीं पूछा, लो गाजर का हलुवा खाओ" कहते हुए गरम-गरम हलवे की कटोरी उसके आगे बढ़ा दी, हलुवा खाते हुए, "भाभी अभी बाबू से मिलकर आती हूँ" कहते हुए ऊपर बने बाबू के कमरे में चली जाती है। मन-ही-मन··· "अम्मा के जाने के बाद बाबू बहुत अकेले पड़ गए है, हर कोई अपने-अपने में लगा है। जब दो घड़ी का समय मेरे लिए नहीं तो फिर बाबू का क्या होता होगा? खैर, भइया तो है ही।" यह सोचते हुए वह सुख की एक लंबी साँस लेती है। बाबू का हाल-चाल लेकर उन्हें सोया जान फिर से नीचे भाभी के पास आकर··· "सोच रही हूँ कि आज ही अपने घर उरई निकल लूँ।"

"क्यों? रुको न, आती ही कब हो जीजी" भाभी ने भाभी की तहजीब के मुताबिक कहाँ। मन–ही–मन··· 'कोई बोले न चाले, क्या करूँगी रुककर? यही राग देखने है तो अपना घर ही ठीक है।' "नहीं भाभी बहू स्नेहा घर पर अकेली है जाना ही होगा।" "अच्छा जीजी फिर कब आओगी?" यह कहते हुए निर्मला देवी ने अपनी शालीनता का परिचय दिया। "मन–ही–मन··· 'आए हुए को तो ठीक से पूछते नहीं, फिर आने की बात करते हैं। अरे, जब मन होगा आ जाऊँगी।' "बाहर से हाँ, हाँ जरूर से।" और भाभी ने भी झुककर ननद के पैर छूकर उसे बिदा कर दिया।

□

शायर

बड़ी बेबाकी से रिपोर्टर ने ग्रीनरूम में शराब के नशे में धुत्त सोफे पर अधपड़े शायर से पूछा, "बड़ी रहस्यमयी जिंदगी होती है आप शायरों की, ये शायरी। ये शराब। ये शवाब। यह सब क्या है ? आखिर इनका आपस में क्या नाता है ? जनता के लिए हम जानना चाहेंगे कि क्यों इन सबके बिना आप शायर लोग जी नहीं पाते हैं ?"

एक गहरी निगाह रिपोर्टर पर डाल; फिर से एक और जाम गिलास में उड़ेल, बड़ी मदहोशी में वह बोला—

"दु:ख, तकलीफ और निराशा किसी को दिखाई नहीं देती, नहीं देखता है कोई किसी के रातों का जगना। वे आँसू जो बिना बरसे ही रह गए और अवसाद बनकर चेहरे पर छा जाते हैं किसी को भी दिखाई नहीं देते हैं, न ही, दिखाई देती है हमारी भूख, बेचारगी और हताशा, न ही वे तनहाइयाँ जो गुजारी थी कितनी रातो-दिन।" हाथ को प्याले के साथ थोड़ा ऊपर उठाते हुए थोड़े दबाव के साथ वह बोला—"पर, दिख जाता है यह जाम।"

यह कहते हुए शायर ने शराब का एक और घूँट अपने मुँह में उड़ेल डाला। फिर लेखनी को प्रेयसी के मानद चूमकर चल पड़ा, फिर से सृजन की एक नई दुनिया में।

और उसकी बेचारगी देख; रिपोर्टर हतप्रभ हो वहाँ खड़ा-का-खड़ा रह गया। □

छलिया

ब्रह्मकुमारी आश्रम में प्रार्थना सभा के खत्म होने के उपरांत भी अंवतिका माता की गोद में सर रखकर सुबगती जा रही थी। पिछले लगभग पंद्रह दिनों से उसकी माताएँ उसे समझाने का प्रयास कर रही थीं पर नारी मन इतनी आसानी से अपने प्यार के छलावे को भला कैसे स्वीकार कर पाता? माता के प्यार भरे स्पर्श को पाकर उसके आँसू टप-टप कर जमीन पर गिरे जा रहे थे। "समझने का प्रयास करो बेटी! सच तो यह है कि उस व्यक्ति ने तुम्हें कभी प्यार ही नहीं किया था, अन्यथा आज तुम्हारी यह दुर्दशा न हुई होती।" माता ने समझाना चाहा। सुबकते हुए कुछ तेज आवाज में वह बोली, "पर माँ मैंने तो प्यार किया था फिर कैसे पीछे हट सकती हूँ।" "पर बेटी जिंदगी एकतरफा प्यार से नहीं चलती, तुम नहीं समझती इस तरह तुम खुद स्वयं के साथ छलावा कर रही हो।"

तभी ब्रह्मकुमारी आश्रम की मुख्य अध्यक्षा ने हाल में प्रवेश किया। जो दूर खड़ी बड़ी देर से वे कॉरीडोर से उनकी बातें सुन रही थी—बड़े स्नेह से उसे अपने सीने से लगाकर बोलीं, "बेटी दोष तुम्हारा नहीं तुम्हारी कच्ची अवस्था का है। सच तो यह है कि ज्यादा बातें बनानेवाला व्यक्ति कभी वफादार नहीं हो सकता। हाँ, इतना जरूर है कि लड़कियों को कैसे फँसाया जाए इस बात की अक्ल उनमें भरी पड़ी होती है, उनको समझाना बड़ा ही मुश्किल काम है। जिस व्यक्ति के लिए बेटी तुम अपने कीमती मोती बहा रही है वह एक स्वप्न और फरेब के अलावा मुझे कुछ समझ में नहीं आता, अन्यथा पिछले डेढ सालों से इस तरह से घुटती और भटकती हुई तुम्हारी सुध, एक दिन भी वह न लेता?"

कुछ सोचकर…आगे वे बोली, "माना की पासपोर्ट और वीजा की बातें कर इतने दिनों से वह तुम्हे अपने पास बुलाने का आश्वासन दे रहा है, अकसर व्हाट्एप एवं फेसबुक पर 'आई लव यू अंवतिका' भी लिखता रहता है पर यह देख तुम्हारे मन में कोई अहसास व स्पंदन नहीं होता है। इसका मतलब है कि वह तुमसे मीठी-मीठी बातें कर तुमसे जरूर अपना कोई कार्य सिद्ध करवाना चाहता है। यह भी हो सकता है कि उसकी निगाह तुम्हारे पिताजी की प्रॉपर्टी पर हो, जिससे विदेश में सैटल हो वह अकेले शानो-शौकत की जिंदगी बिता सके।" अंत में वे बोलीं, "देखने में वह भले ही तुम्हारा आशिक पुराना लगता हो, परंतु मेरे जीवन का अनुभव कहता है कि वह छल का खजाना है, अत: उसे भूलकर एक नई जिंदगी शुरू करो मेरी बच्ची…।" माता के एक-एक शब्दों का असर अवंतिका पर पड़ता गया। आज उसे प्यार की एक नई परिभाषा मिल गई थी और वह खुद को हलका महसूस कर रही थी।

□

संवेदनाओं की टोकरी

आजकल के बच्चे कितने सयाने होते जा रहे हैं। उस दिन जब मैं अपनी समृद्धि तथा खुशियों का बखान बहुत दिनों बाद मिली अपनी बचपन की सखी अमिता से कर रही थी, उस समय अपनी भावनाओं के अनुरूप वह भी मुझे मेरी खुशियों में शरीक हुई दिखाई दे रही थी, मुझे लग रहा था अमिता पिछले तीस सालों से मेरे हर सुख-दुःख की साथी रही है आज मेरी सैटल लाइफ देखकर उसको कितनी खुशी होगी, इसलिए मैं धारा प्रवाह बोलते हुए, अपने अचीवमेंट उसे बताती जा रही थी। बातें तो मोबाइल पर भी खूब होती थी, पर पास बैठकर बातें करने का अनुभव तो कुछ अलग सा ही होता है।

अमिता के जाने के बाद जवान होता मेरा बेटा विश्वा मेरे नजदीक आकर कुछ नाराजगी तथा कुछ अपनेपन से मुझसे बोला, "माँ! कितनी बार कहा है कि आप अपनी उपलब्धियों की गाथा मत गाया करो, सामनेवाला आदमी खुद से बराबरी करने लगता है।" "पर बेटा! मैं तो उससे अपनी खुशियाँ बाँट रही थी।" चिल्लाकर वह बोला, "किसी को नहीं सुनना आपकी खुशियाँ।" अबकी बार जब उसने दबाव के साथ अपनी बात कही, तो मेरी आँखें कुछ छलछला सी गईं। उस पल मैं सोच रही थी कि क्या अपनों के साथ भी फॉरमेल्टी करनी पड़ती है भला? मेरा उदास चेहरा देख मुझे बड़े प्यार से अपनी बाँहों में भरकर पास पड़े सोफे पर बैठाता हुआ वह बोला, "माँ समझने का प्रयास करो···बड़ी भोली और संवेदनशील हैं आप। याद है? उस दिन आस्था चैनल में आ रहा था—

कमजोर के सामने ताकत, गरीब के सामने पैसा और अनाथ के सामने माँ-बाप की बात करने से ईर्ष्या होती है। अमिता मौसी आज सामाजिक, पारिवारिक

तथा आर्थिक रूप से आपसे कमजोर हैं, मैं नहीं चाहता कि ईर्ष्यावश आप दोनों के बीच रिश्तों में कोई दूरी आ जाए, इसलिए मैंने आपकी बातों में दखल दी।" माँ से क्षमायाचना करते हुए आगे वह बोला, "अगर अब भी आपको मेरी बात गलत लग रही हो तो, मैं आगे से बड़ों के बीच में नहीं बोलूँगा।" यह कहते हुए उसका चेहरा उतर आया। कुछ क्षण सोचकर माँ बोली, "सचमुच बेटा आज मैं महसूस कर रही हूँ कि सुपात्र में ही संवेदनाएँ उड़ेलनी चाहिए।" यह कहते हुए उसने बेटे को अपने गले से लगा लिया।

□

वह पगला

वह आदमी गली के नुक्कड़ के पास बने मंदिर की सीढ़ियों के नीचे बैठा; दिन भर फूल-मालाएँ बनाया करता था। कभी-कभी आते-जाते भक्तों को सरसरी निगाह से देखता और फिर से माला बनानें में व्यस्त हो जाता।

जब कभी कुछ फुर्सतिया किस्म के लोग उसके पास आकर बैठ जाते तो खुद को सबसे ज्यादा अक्लमंद समझते हुए वह पाप-पुण्य पर अपना प्रवचन देने लगता··· "मैं तो समझता हूँ कि इस दुनिया में कुछ भी पाप या पुण्य नहीं है। हर आदमी अपनी परिस्थितियों का मारा है। मान लो, अगर पाप नाम की कोई चीज है भी तो वह है; अपने पुरखों का अंधा अनुशरण करना। इस प्रकार हम अपनी नई पीढ़ी को पीछे की ओर धकेलते हैं।" आगे वह बोलता है कि यह हमारे द्वारा अनजाने में किया गया पाप है, जिसका खामियाजा हमारी आनेवाली वंश बेलों को चुकाना पड़ता है, इस प्रकार वे अपने उन अधिकारों से वंचित रह जाते हैं, जो उनके निहायत ही निजी होते हैं, फिर कुछ बुदबुदाता हुआ; वह अपने काम में तल्लीन हो जाता है।

कोई नहीं जानता कि वह बूढ़ा आदमी कहाँ से आया ? कौन उसके परिवार वाले तथा रिश्तेदार हैं ? इतना जरूर है कि बचपन से ही मैं उसे इसी रूप में देखता आया हूँ, वही धूल-धूसित बाल, वही पीली बंडी, उसके अंदर से झाँकती बनियान और नीचे नाड़े वाला चौड़ा पाजामा। बड़े होते हुए मैं इतना तो समझ ही चुका था कि यह भी मेरे ही समान कोई दर्द का मारा बेचारा था, जो फूलों की खुशबुओं में अपने जीवन की खुशियों को तलाशने में लगा हुआ था।

☐

सेल्फ-मेड

एक लड़का बिल्कुल मुझसा दिखनेवाला आज रात मेरे सामने आकर अपनी कमर पर दोनो हाथों को रखकर खड़ा हो गया। मुझे चैलेज करते हुए तेज आवाज में ललकारते हुए बोला, "यह क्या 'सेल्फ-मेड'-'सेल्फ-मेड' की रट लगा रखी है ?"

"माना कि तुम्हारा कॅरियर, तुम्हारे कॉन्टेक्ट खुद तुम्हारे द्वारा बनाए हुए है, पर इतनी सी बात के लिए इतना अभिमान ठीक नहीं है ? तुम्हारा यह तन-मन और यह उच्च शिक्षा तथा संस्कार कहाँ से आए हैं ?

"सुंदर और स्वस्थ रिश्ते-नातों को बनाने में तुम्हारे माँ-बाप ने अपनी जिंदगी खपा दी और तुम कहते हो ?... अरे ! उनका स्वभाव ही आत्मकेंद्रित था तो क्या उनका इतना बड़ा दोष हो गया कि तुम उनकी सभी अच्छाइयों को भुलाकर

अपने आपको 'सेल्फ-मेड' मान बैठे हो?"

"अरे! कृष्ण भी यशोदा के लाल थे और श्री रामजी भी कौशल्या पुत्र थे और तूम भी मरते दम तक अपने माँ-बाप के नाम से ही जाने जाओगे।" हाथों को लहराकर आगे वह आकृति बोली, "तो फिर क्या तेरी औकात इतनी बड़ी हो गई है कि तू अपने आपको 'सेल्फ-मेड' कहने लग जाए?" इस प्रकार ललकारती हुई वह परछाईं आहिस्ता-आहिस्ता अँधेरे में डूब गई। और उस क्षण मैं अपने को आत्मज्ञान की रोशनी में नहाया हुआ महसूस कर रहा था।

□

जहर

मालव्य का ममेरा भाई मकरंद उसके कंधों को थपथपाते हुए बोला, "रिश्तों में ऊँच-नीच तो चला करती है भाई! कभी तुम दब जाओ और कभी अमन। क्या फर्क पड़ता है? आखिर घर की शांति सभी को चाहिए?" आगे वह बोला, "बताओ भाई! कहीं अंगुलियों से भी नाखून दूर होते हैं भला? अतः अपने भाई अमन से सुलह कर लो। इसी बात में ही तुम दोनों भाइयों की भलाई है।"

कुछ झुंझलाकर मालव्य बोला, "जब दबाव इतना बढ़ जाए कि साँस ही घुटने लगे तो तुम्हीं बताओ और ज्यादा दबकर मरना है क्या?" आगे वह बोला, "मकरंद! बात यहाँ कम ज्यादा की नहीं है, यहाँ तो हर बात में अन्याय हो रहा है। रही बात अंगुलियों से नाखूनों के दूर होने की, तो मैं तो बस इतना भर जानता हूँ कि आज सर्जरी का जमाना है; इससे पहले की कड़वाहट का जहर फैलकर सारे रिश्ते को बुरी तरह से बदनाम कर दे, हमे ऐसे रिश्तों को ही खत्म कर देना चाहिए।"

□

मनमंथन

तेजी से उभरती हुई उस अदाकारा से साक्षात्कार के दौरान रिपोर्टर ने पूछा "मैडम बड़ा प्रभावशाली व्यक्तित्व है आपका। हम जानना चाहेंगे कि आपके व्यक्तित्व पर किन-किन लोगों का प्रभाव है ? कुछ शांत भाव लिए बड़े सलीके के साथ उसने जवाब दिया' "आपको जानकर आश्चर्य होगा कि मैं खुद अपने आप से प्रभावित हूँ; क्योंकि मैं जीवन भर अपनी गलतियों से सीखती रही।" आगे वह बोली, "सच तो यह है कि आज जो ग्लैमर आपको मुझमें दिखाई दे रहा है, आप उसके पीछे की कहानी नहीं जानते।" बड़ी नजाकत से घुटनों पर अपने दोनों हाथों को रखते हुए, पनीली आँखें लिए वह बोली, "मेरा जीवन एक यातना का जंगल था; क्योंकि मैं प्यार की नहीं, कामुकता की संतान थी। उस जंगल को काटते हुए मेरे हाथ कई दफा जख्मी हुए, पर आखिरकार अपने आत्मविश्वास के कारण मैंने उन सभी जंगलों को काट डाला," यह कहते हुए वह भरी हुई आँखें लिए मुसकरा दी।

"मैडम हम आपके व्यक्तित्व विकास के बारे में जानना चाहेंगे।" रिपोर्टर ने पुनः आग्रह किया—

"आज वह अपने मन को पूरा-का-पूरा उड़ेल लेना चाहती थी।··· लोग कहते है, कि संस्कारवान घरों के बच्चे संस्कारी होते हैं, परंतु मैंने तो, कंजूस लोगों से उदारता सीखी है, अव्यावहारिक लोगों से व्यवहार कुशलता सीखी, अधिक संवेदनशीलता इनसान को न केवल अंदर से बल्कि बाहर से भी नुकसान पहुँचाती है। यह बात जबसे मेरी समझ में आई मैंने भावनात्मक स्तर पर खुद को सँभाला, झूठों से मैंने सच बोलने का सबक लिया; क्योंकि मैंने देखा कि झूठ

चाहे कितना भी चिल्लाए पर जीत हमेशा सत्य की ही होती है। कुछ क्रूर किस्म के लोग भी मेरी जिंदगी में आए जिनके क्रूर स्वभाव के कारण मैंने लोगों को तड़पते देखा और मैंने उसी क्षण प्यार और करुणा का पाठ पढ़ लिया। इस प्रकार आप कह सकते हैं कि मैं अनेक बुराइयों का वह मनमंथन हूँ, जिसने विपरीत हवाओं में चलना सीखा, फिर मेरा आदर्श भला कौन हो सकता है?"

□

नई पड़ोसन

बड़े ही खुले विचारोंवाली मीनल अभी कुछ ही दिनों पहले अपने नए घर में रहने आई थी। अब तक आसपास कोई खास जान–पहचान भी न हो पाई थी। ऑफिस से दो दिनों की छुट्टी लेकर कामवाली बाई से वह घर की सफाई करवा ही रही थी कि अचानक उसके फ्लैट की घंटी बजी। दरवाजा खोला तो बिल्डिंग में रहनेवाली कुछ स्त्रियों को अपने सामने खड़ा हुआ देख, सम्मानवश बोली, "आइए, आइए न अंदर।" सोफे पर बैठते ही उन्होंने अपना–अपना परिचय देते हुए मीनल से बरगद की पूजा करने के लिए, साथ चलने को पूछा। जवाब में वह बोली, "बहनो, मुझे बरगद की पूजा करने में भरोसा नहीं है।" आगे वह बोली, "बुरा न मानो तो एक बात कहूँ, यदि इन पेड़ों पर हमारी इतनी ही आस्थाएँ हैं, तो क्यों न इन्हें पूजने से बेहतर है कि उन्हें संरक्षित किया जाए? रही बात सुहाग रक्षा कि तो मैं तो इतना ही कहना चाहूँगी कि हिंदुस्तान में जितनी

विधवाएँ हैं उतनी विधवाएँ तो दुनिया में कहीं पर भी नहीं हैं, आखिर वे औरतें भी तो बरगद की पूजा करती रही होंगी।"

अभी वह अपनी बात पूरी तरह से खत्म भी न कर पाई थी कि बीच में से ही एक पड़ोसन उस पर कटाक्ष करते हुए बोली, "पराए बेटे के लिए करवाचौथ और बरगदाई न सही, पर अपने बेटे की लंबी आयु के लिए तो तुम संकट चौथ का व्रत अवश्य करती होगी।"

नई पड़ोसन की घर और बाहर दोनों तरफ की जिम्मेदारियों को समझे बिना; पास खड़ी सभी औरतें एक-दूसरे पर तिरछी निगाहें डाल मुसकरा दीं।

और तभी सामनेवाले फ्लैट की खिड़की से झाँकती हुई मैं उसके आधुनिक विचारों का आंकलन करती, उस समय सोच रही थी, 'आस्था और विश्वास तो अपने मन की बातें हैं, फिर हम किसी पर जबरदस्ती अपनी आस्थाएँ कैसे थोप सकते हैं?'

पर सवाल यह था कि बंद कपाटों में नए विचारों की हवा जाए तो कैसे जाए?

□

वान्या

वह सीधी-सादी लड़की वान्या को घर पर बहू बनाकर ले आई। बातों के दौरान एक दिन उसकी डॉक्टर मित्र ने उससे पूछा, "नंदिता तुम्हारी बहू करती क्या है?"

उसने कहा, "लोगों का आदर और मान-सम्मान।"

प्रत्युत्तर में बिना एक भी शब्द बोले, वह अपने कामों में लग गई। कुछ ही दिनों बाद किटी की एक साथी यूँ ही पूछ बैठी, "तुम्हारी बहू की पढ़ाई कहाँ तक हुई है।"

वह बोली, "मेरी बहू बी.बी.ए. तक पढ़ी है।" आगे उसने जानना चाहा, "तो क्या आपके यहाँ पढ़ाई को उतना महत्त्व नहीं दिया जाता है?" "नही, वंदना ऐसा नहीं है। असल में मेरे बेटे की उम्र कुल चौबीस साल है अत: बाईस साल की लड़की उसके लिए परफैक्ट मैच थी। दरअसल मैं चाहती थी कि सही वक्त पर इनकी शादी कर दूँ, जिससे हमारे घर के प्रत्येक सदस्य का आपस में समायोजन अच्छा हो सके। रही बात उसकी आगे की पढ़ाई की?··· वह तो मैं शादी के बाद पूरी करवा सकती हूँ।" उसकी यह बात सुनकर सखी बड़ी गहराई से कुछ सोचने लगी।

एक दिन लड़कियों की नौकरी की हिमायती पड़ोसन लोगों से बोल पड़ी, "मुझे तो लगता है कि नंदिता रानी सारे दिन बहू को बँधुआ मजदूर बनाकर उससे घर में चाकरी करवाना चाहती है, जिससे उसकी अपनी नौकरी व आजादी बरकरार रहे।"

उड़ते-उड़ते यह बात उसके कानों तक पहुँची। उसको आखिकार आज

गुस्सा आ ही गया। खुद को कुछ सँभालते हुए वह बोली, "भविष्य में क्या करना है यह निर्णय वान्या का अपना होगा, मुझे तो जब नौकरी और संस्कारों में से किसी एक को चुनना था, तब मुझे उसके संस्कार अधिक रास आए। यदि मेरे इस निर्णय में आपको कोई कमी दिखाई देती है तो अपने इन गुणों और सोच के साथ हम ऐसे ही भले हैं।" यह कहते हुए बड़े आत्मविश्वास के साथ वह अपने घर की ओर चल पड़ी।

इस बार नए सिरे से सोचने की बारी पड़ोसन के हाथों में थी।

☐

हड़बड़िया

उस आदमी को हर काम जल्दी-जल्दी करने की आदत थी। यह आदत उसकी बचपन की थी या समय की आँधियों ने उसे तेज चलना सिखा दिया था? पर इतना जरूर था कि काम चाहे अपना हो या बेगाना, सभी कामों को वह पूर्ण तन्मयता से करता था। परंतु अपने आप में खोये इस समाज को यह सब जानने की भला फुरसत कहाँ··· ? उन्हें तो बस यह लगता था कि यह आदमी हम सबके जैसा क्यों नहीं है?

पीठ पीछे परिवारवाले या फिर रिश्तेदार उसकी खिल्ली उड़ाने से भी बाज नहीं आते थे। पर इतना अवश्य था कि कुछ चाटुकार किस्म के लोग उसके द्वारा किए गए कामों की सराहना भी कभी-कभार कर देते थे। फिर भी उसके कामों को लेकर उनके दिमाग में एक रहस्य सा बना रहता था।

इन दिनों जिम जाने के दौरान प्रसून से उसकी दोस्ती कुछ ज्यादा ही हो गई थी, दोनों कई एक्सरसाइज साथ-साथ करते और फिर अकसर घर भी साथ-साथ आ जाते थे।

एक दिन उसकी अनुपस्थिति में प्रसून ने उसके जल्दबाजी वाले स्वभाव को लेकर जिम में मजाक बनते देखा। सामने तो वह कुछ न बोला, परंतु अवीक को लेकर एक सवाल उसके दिमाग में घर कर गया।

दूसरे दिन वापसी में गाड़ी चलाते हुए प्रसून उससे बोला, "यार अवीक!" एक बात पूछूँ?··· तू हमेशा इतनी हड़बड़ी में क्यों रहता है, कहीं कुछ भागा जा रहा है? जो तू हर काम पलभर में निबटा लेना चाहता है।"

कुछ भावुक होकर वह बोला, "हाँ, भाग तो रहा है 'वक्त'। मैं आगे बढ़ता

हूँ तो वह मुझसे और आगे बढ़ जाता है। सच तो यह है यार–मैं जिंदगी और मौत से फाइट करना चाहता हूँ! मुझे अपनी जिंदगी पूरी जिंदादिली से बितानी है और दैववश जो काम पीछे छूट गए हैं उनको भी निपटाना चाहता हूँ।" अबतक उसकी भावुकता और बढ़ गई थी, आगे वह बोला, "हमारे धर्मशास्त्रों में हमेशा मृत्यु (काल) को याद रखने के लिए कहा जाता है, मुझे लगता है कि मेरे पास वक्त कम है और काम ज्यादा है। और मैं सिर्फ अपने रोजमर्रा के कामों में उलझकर अपनी जिंदगी ऐसे ही नहीं गँवाना चाहता हूँ। मुझे तैरना सीखना हैं, बाँसुरी बजानी है और हाँ गार्डनिंग भी सीखनी है, ताकि अपने घर पर ही पेड़–पौघों का आनंद उठा सकूँ और बाँसुरी की मधुर तान में डूबकर अपने हर दु:ख–दर्द भुला सकूँ।"

"यार अवीक! तुम तो बड़े मजेदार आदमी निकले। अपनी यह बात आज तक तुमने लोगों को क्यों नहीं बताई? वाकई मैं तुम्हारी जिंदादिली का कायल हूँ।"

"क्या करता बताकर, उन्हें जिन्हें लगता है कि यह दुनिया उनका पक्का ठिकाना है। जिन लोगों को अपने ही गुण गाने से फुरसत नहीं, वे किसी और की बात भला क्यों सुनेंगे?" यह बात कहते हुए, गाड़ी रुकवाकर, वह अपने घर की ओर बढ़ चला।

□

राजहंस, ओ राजहंस!

राजहंस! ओ राजहंस! की आवाज बराबर के कमरे से आ रही थी। पर वह दम साधे वही बैठा रहा। तभी "फिर से बेटा हँसू!" फिर खाँसी की एक आवाज सुन; एक क्षण के लिए उसका मन कुछ विचलित हुआ, तभी एक और तेज पुकार, "बेटा राजहंस!" सुनकर वह न जाने किन-किन ख्यालो में डूब गया··· "बड़े-बड़े अस्पतालों के चक्कर काटते; दो वर्षों से ऊपर होने को आए, पर बीमारी है कि ठीक होने का नाम ही नहीं लेती।"

यह डायन कैंसर बीमारी होती ही ऐसी है। आई.सी.यू. से कमरे और फिर कमरे से आई.सी.यू. में। यही सब चक्कर चल रहा है तब से लेकर अब तक। फिर बड़े शहरों में जाकर इलाज करवाना? खर्चा पूरा। कमाई जीरो। सबके बस की तो यह बात नहीं है। अकेला कहाँ तक मरूँ? लगता है; यह बीमारी तो जान लेकर ही मानेगी, क्या करूँ, क्या न करूँ··· ? समय रहते पापा ने अगर स्वास्थ्य बीमा करवा लिया होता, तो इतनी तकलीफ न हुई होती, अब तो खुद बिक जाऊँ या फिर···

तभी कुछ समय बाद, पिताजी की लड़खड़ाती हुई पुकार सुनाई दी··· "राजहंस! सो गए क्या?" वह पुनः गहरी सोच में डूब गया··· "पिताजी तो ठीक होने से रहे, लेकिन इस प्रकार उनको अधर में भी तो नहीं छोड़ा जा सकता है। तो फिर बीवी-बच्चों के भविष्य का क्या होगा? और अपने बारे में तो कुछ सोचना ही बेकार है।" जैसे-जैसे उसके मन में ऐसे ख्याल आ रहे थे, उसके चेहरे की रंगत बदलती जा रही थी। अब तक दुःख और हताशा ने उसके चेहरे पर अपना पूर्ण साम्राज्य कायम कर लिया था, आज घर पर उसके अलावा कोई

और नहीं था। तभी··· बगल के कमरे से धीमी सी आवाज सुनाई दी··· "राजहंस! ओ राजहंस!" "थक गया हूँ मैं यह शब्द सुन-सुनकर।" तभी उसके मन में कुछ ख्याल आया।

अपने चेहरे के भावों को छुपाता, हाथ में पकड़ी शीशी और पानी लेकर वह पिताजी के कमरे में दाखिल हुआ। बेटे को पास खड़ा देख; उसके मनोभावों से अनजान पिताजी ने उसके सिर पर हाथ फेरा और बोले, "राजू, बेटा मेरा! बहुत थक जाता है। मरी यह बीमारी है ही ऐसी कि जाने का नाम ही नहीं लेती। पर तू मेरे दुःख में इतना परेशान मत हुआ कर। तेरे आगे अभी बहुत बड़ी जिंदगी है।" यह कहते हुए, बाप ने बेटे का माथा चूम लिया। उसी क्षण जहर की शीशी उसके हाथ से छूटकर फर्श पर गिर पड़ी और वह पापा! पापा! कहता हुआ, नन्हे-बच्चे के समान अपने पिताजी से बुरी तरह से लिपटकर रोने लगा। □

देवत्व की प्राप्ति

"अरे पूरब! कहाँ ले जा रहे हो मुझे?

"अभी कुछ घंटों में पता चल जाएगा।" "पर बताओ भी न?" मुग्धा ने फिर से जानना चाहा, पर गाड़ी चलाता पूरब आज अपनी ही धुन में गाता चला जा रहा था। ये जवानी के दिन होते ही कुछ ऐसे हैं कि वक्त कब पंख लगाकर उड़ जाए, पता ही नहीं चलता।

पिछले साल आज के ही दिन उनका विवाह हुआ था और देखते-ही-देखते शादी की पहली वर्षगाँठ भी आ गई। तभी उसकी पीठ को प्यार से सहलाती हुई, मुग्धा बोली, "बताओ न पूरब कहाँ लिए जा रहे हो मुझे।" कुछ रहस्यमयी मुसकान के साथ वह बोला, "प्यार के मंदिर में।" "क्या मतलब?" "अरे, भई! बस अभी दो-ढाई घंटों में ही हम खजुराहो पहुँच जाएँगे।" यह सुनकर कुछ अनमने मन से मुग्धा बोली, "यार तुम्हारे इस सरप्राइज के चक्कर में तो सबकुछ कंडम हो गया।" "क्यों, तुम वहाँ जाना नहीं चाहती?" "अच्छा होता कि कोई हिल स्टेशन पर हम चलते, यहाँ पर तो मंदिरों के बाहर बनी यौन क्रीड़ारत मूर्तियाँ मेरे मन को वितृष्णा से भर देती हैं, जबकि परस्पर प्रगाढ़ आलिंगन इनसान को चिंता मुक्त कर देता है।"

पूरब ने कहाँ, "तब तो इसका मतलब है कि वहाँ की खूबियों से तुम अनजान हो। असल में मानव मन काम कुंठाओं से घिरा होता है, और इन्हीं कुंठाओं के कारण आदमी अशांत दिखाई देता है। और तुम्हीं बताओ भला अशांत मन कैसे ईश्वर की आराधना कर सकता है। यही सोचकर हमारे पूर्वजों ने विभिन्न प्रस्तर कलाओं के माध्यम से इन मंदिरों में प्रवेश से पहले उनकी सभी

कामेच्छाओं को शांत करने हेतु विश्व प्रसिद्ध इन मदिंरों का निर्माण करवाया था, ताकि वे पूर्णत: शांतचित्त होकर ईश्वर आराधना में लीन हो सकें।"

मुग्धा ने जवाब दिया, "वह तो ठीक है पूरब। पर तुम्हीं बताओ कि क्या आवेगों और जरूरतों पर देवत्व उभर सकता है?" कुछ शरारत भरी मुसकान के साथ—"कहा तो कुछ ऐसा ही जाता है, बाकी तो वहाँ जाकर ही पता चलेगा।" फिर अपनी बाँहों के आलिंगन में कसकर उसे जकड़ते हुए वह बोला, "तुम्हारा प्यार भी तो मेरे लिए पूजा से कुछ कम है क्या।"

"मंदिर में उकेरे गए भित्ति चित्रों की बात हो तो अलग बात है, परंतु खुलेआम रतीरत क्रीड़ाओ को देखने के लिए यहाँ तक आना··· ? मेरी समझ के बाहर है।" फिर थोड़ा आक्रोश से··· "रोज रात नेट सर्फिंग करके और क्या करते हो तुम··· ? तो क्या तुम देवत्व को प्राप्त कर तुमने अपने जीवन में पूर्णता पा ली है?"

और वे दोनों आपस में बातें करते हुए खजुराहो होते हुए नैनीताल की ओर मुड़ लिए।

□

वेलेंटाइन डे

उसे अपने आप पर गर्व हो रहा था कि वह भी एक जीवित इनसान है? उसका भी कोई वजूद है, उसे भी कोई पुकार सकता है।

उसका वह प्रेमी चश्मा लगाए, बड़ी सी खुली, सफेद कार में बैठकर आया और बड़े ही रोमांटिक तरीके से गुनगुना रहा था। "मेरी सपनों की रानी कब आएगी तू, आई रूतमस्तानी कब आएगी तू, चली आ, तू चली आ।" और वह उसके साथ आलिंगनबद्ध हुई ठंडी हवाओं का आनंद लेती हुई, दूर तक फैली हरी-भरी वादियों में घूम रही है, जहाँ पर पक्षी चहक रहे हैं और रंग-बिरंगे फूल अपने नजदीक उनको पाकर मुसकरा रहे हैं।

घर-परिवार, रिश्ते-नाते तथा कॅरियर की उलझनों में उलझी उसे लग रहा

था कि जैसे आज उसका बदन हलका हुए जा रहा है। उसे महसूस हो रहा था कि वह एक परी है, जो चारों तरफ उड़ती फिर रही है। आज उसे लग रहा था कि सही मायनों में उसका यह 'वेलेंटाइन डे' है।

सुबह उठते ही उसने अपनी डायरी के कुछ पन्ने पलटे और कुछ लिखा पाया—

"कितना अच्छा होता कोई मुझे पुकारता
बाँहों में अपनी भरकर मुझको सँभालता।"

वह फिर से अपनी अतृप्त इच्छाओं के जंगल में खो गई, आज वह फिर से उसी बहारों में खो जाना चाहती थी, जो हर रात उसे अपनी बाँहों में जकड़ लेने के लिए बुलाती रहती थी।

□

राजलक्ष्मी

"अपनी बीवियों की करवा लो न यह जाँच। सिर्फ हमारे साथ ही सोते हैं क्या ये मरद? घर में अपनी बीवियों के साथ नहीं सोते क्या? बीमारी हम ही उनको लगाती हैं, इसका क्या सबूत है इनके पास? यह भी तो हो सकता है कि वे मरदूद ही हमको बीमारी लगाते हों? क्या तुम जानते हो कि जब तुम लोग हमारे पास होते हो, तब तुम्हारी बीवियाँ क्या करती होती हैं? वे सोती नहीं होगी किसी और के साथ? सती-सावित्री ही बनी रहती हैं क्या? वे अपने यार नहीं

पालती होंगी? जाँच हमारी ही क्यों होगी? जाँच अपनी करा लो, अपनी बीवियों, माँओं और बहनों की करा लो। कीड़े झड़ेगे, कीड़े, एक-एक के!" कहती हुई राजलक्ष्मी आज सुबह-सुबह चीख रही थी। और मैं? न जाने क्यूँ अवाक् खड़ी, उसकी बातें सुने जा रही थी।

□

पर डॉक्टर!

"इनको अकेलेपन से छुटकारा दिलाने का एक ही रास्ता है कि इन्हें दवाइयों के अलावा, अपनी रुचि का काम करने को दिया जाए।" मनोचिकित्सक ने पत्नी की बीमारी के संदर्भ में पति को सुझाव दिया। "डॉक्टर साहब! इनके करने के लिए तो घर में ही बहुत से काम है, लेकिन···क्या कहे?" कहकर··· पति चुप हो गया।

काउंस्लिंग के लिए पत्नी को केबिन में अंदर बुलाकर, फिर उसकी ओर मुखातिब होकर···"अच्छा यह बताइए, आपकी अपनी जिंदगी से क्या अपेक्षाएँ हैं?" "डॉक्टर साहब चाहती तो बहुत कुछ हूँ, पर सबके अपने-अपने तर्क हैं और अपनी-अपनी चाहते हैं। ऐसे में मेरे सपनों के बारे में सोचने की फुरसत ही किसे है?" यह कहते हुए उसकी आँखें भर आई। अरे, अरे आप तो···कुछ सहानुभूति दिखाते हुए डॉक्टर बोला, "ये मोती बहानें को नहीं हैं।"··· फिर उसको कुछ हँसाने की गरज से वे बोले···"पुष्पा! आई हेट टियर्स।" कहकर उसकी पीठ पर एक हलकी सी थपकी लगाकर दिलासा देने लगे। सहानुभूति पाकर उसका मन पिघल उठा। अब तक भावनाओं पर से उसका नियंत्रण खत्म हो चुका था। वैसे भी दर्द के मारे व्यक्ति का मन सु:ख की हलकी सी बयार आते ही, कब किधर झूल जाए पता ही नहीं चलता है।···तभी भावुकतावश डॉक्टर की कलाई पकड़कर वह बोली··· "पर डॉक्टर साहब! संजय आपके जैसा क्यों नहीं हैं?···"

"क्या आपको उनसे कोई शिकायत है?"

"नहीं ऐसी भी खास नहीं।"

"क्या यह बात एक भारतीय नारी बोल रही है?"

कुछ सोचकर··· "पर इतना जरूर है कि इनको मेरा मोबाइल यूज करना पसंद नहीं है।"

"क्यों?"

"मुँह नीचे करके पता नहीं पर···मोबाइल मेरे हाथ में देख इनका चेहरा तमतमा जाता है।"

"घर में शांति के लिए ज्यादा यूज मत करो।"

"पर, पर डॉक्टर साहब इसी में तो मेरे सारे रिश्ते-नाते, दोस्त-यार तथा सखी-सहेली कैद हैं, कैसे छोड़ दूँ इसे?" कहकर वह फिर एक बार फूट-फूटकर रोने लगी।

□

खुशी

किसी ने किसी के चेहरे की खुशी देखकर कहा, "अरे, यह खुशी तुम्हें कहाँ मिली ? मैं तो इसे ढूँढ़-ढूँढ़कर थक गया हूँ।"

दूसरे ने जवाब दिया, "मिली नहीं मैंने इसे ढूँढ़ा है, छोटे-छोटे किस्सो में, कहानियों में, दूसरों की खुशियों में और अपने विचारों की पवित्रता में।"

□

अब पछतावत होत का?

"अच्छा बताओ मेरे इस पच्चीसवें जन्मदिन पर तुम मुझे क्या गिफ्ट दोगी?" अभिनव ने माँ के विश का जवाब देते हुए कहा, "जो तुम चाहो" "क्या तुम मेरी पसंद की एक सुंदर सी डॉल मुझे दे सकती हो?" सुनकर माँ का माथा ठनका··· "क्या कह रहा है रे चिंटू! पहले ठीक से बता इतनी दूर बैठी मैं तुझे आशीर्वाद के अलावा और क्या दे सकती हूँ।" "हाँ, हाँ आशीर्वाद ही तो चाहिए हमें आप दोनों का" कहते हुए, उसने माँ को स्काईप खोलने को कहा और फिर चिंटू और डॉल को साथ-साथ देख वह स्तंभ सी रह गई। तभी अगले ही क्षण मन-ही-मन—"लड़की तो अच्छी हैं। मैं ढूँढ़ती तो कौन सी अनोखी ढूँढ़ लाती, फिर दोनों के कॅरियर भी तो एक से हैं।" यह सोचकर उसने खुद को तसल्ली दी।

"जाति-पाति प्रेम-विवाह सब अलग बात है। इस लड़की का बाप दूसरे शहर में एक रखैल रखे है इसलिए मुझे यह शादी मंजूर नहीं है।" श्रीवास्तवजी ने यह कहकर अपने निर्णय पर अस्वीकृति जताई।

रात-दिन की प्यार-मोहब्बत की बातों के दुःखद अंत के किस्सो से कुछ-कुछ भयभीत चिंटू की माँ श्रीवास्तवजी से बोली, "कौन सा लड़की अपने बाप के साथ पली है, वह तो अपनी माँ के साथ नाना-नानी के घर पर रही है।"

पर श्रीवास्तव सेठ बोले, "देख लेना एक दिन इस शादी का अंजाम अच्छा नहीं होगा। एक दिन तू मेरी बात मान जाएगी।"

"जो भी हो, 'मियाँ-बीवी राजी तो क्या करेगा काजी' बच्चे एक-दूसरे को पसंद करते हैं हम क्यों बेवजह उनके जिंदगी में टाँग लड़ाए?" आखिरकार शादी की शहनाई बज गई।

साल दर साल बीतते गए, बड़ी मुश्किल से उनके एक बेटा हुआ फिर इसके बाद कोई और बच्चा न हो सका। लड़का बड़ा हुआ, अच्छे-से-अच्छे स्कूल में पढ़ाई कर फिर उच्च शिक्षा के लिए वह विदेश चला गया और वहीं के राग-रंग में रंग गया। इतिहास ने करवट ली माँ-बाप ने शादी के ढेरों ऑफर भेजें पर वह किसी भी प्रस्ताव पर हाथ न धरता।

इस बार हिंदुस्तान आने पर माँ-बाप ने उसका ब्याह पक्का करने की जिद ठान ली, तब वह बोला, "बहू ही चाहिए आप लोगों को तो जो चाहे लड़की पसंद कर लो।" अब तो बेटे की यह बात सुन माँ-बाप निहाल हुए जा रहे थे अच्छा मुहूर्त देखकर उनकी शादी कर दी गई। शादी के महीने भर भी न बीते थे कि यू.के. से बेटे की नौकरी का कॉल लेटर आ गया और चाहते-न-चाहते वह वहाँ से विदा हो गया। जबकि नई बहू बीजा पासपोर्ट के चक्कर में घर पर ही रह गई।

अगले ही दिन फेसबुक सर्च करते हुए उसके पापा स्क्रीन पर उसे एक विदेशी लड़की को 'किस' करते हुए देखते हैं। यह देख, घबड़ाकर दौड़ते हुए वह उसके दादा-दादी के पास गए—यह देख हौले से दादाजी मुसकराए, "तुमसे पहले कहा था कि इस लड़की से शादी न कर, इसका बाप रखैल रखे है, यह लड़का भी अपने नाना के चरित्र के ऊपर गया है, इसमें आश्चर्य की कोई बात नहीं, खून को तो बोलना ही था।"

एक गहरी साँस लेकर वे बोले, "बेटा! अब पछतावत होत का जब चिड़िया चुग गई खेत।"

□

सॉरी मम्मा!

"रश्मि, टुमारो इज मदर्स डे हाऊ आर यू सेलीब्रेटिंग इट ?"
मिसेस मार्गेट ने बड़ी आत्मियता से मुझसे पूछना चाहा।

"मदर्स डे ? नो नो मैम हम हिंदुस्तानी, मदर्स डे पर बिलीव नहीं करते हैं। हमारे तो दिन की शुरुआत ही माँ के चरणस्पर्श के साथ होती है। हमारे लिए माँ देवी है मैया है, अंबा है, जगदंबा है। हमारे लिए माता की आज्ञापालन करना भगवान् की आज्ञा का पालन करने के समान है। हमारे लिए तो तीन सौ पैंसठ दिन ही, मदर्स डे है।" मैं अपनी ही जोश में बोले चली जा रही थी, फिर जवानी का तकाजा भी था, ऊपर से पराए देश जाकर हर हिंदुस्तानी कुछ ज्यादा ही देश प्रेमी हो जाते हैं। इस प्रकार माँ के बारे में न जाने कौन-कौन सी बातें मैं मार्गेट मैम को बताए जा रही थी।..."हमारा तो माँ से संबंध गर्भनाल से लेकर मृत्युपर्यंत रहता है। वही हमारे संस्कारों की जननी तथा हमारे भविष्य की निर्मात्री होती है, अत: हर हाल में वह देवी के समान हमारे लिए पूजनीय है। और भी न जाने क्या-क्या मैं उस दिन बोले जा रही थी।" उस दिन मैम के चेहरे पर आते आश्चर्य के भाव देख मेरा चेहरा गर्व से ऊपर उठा जा रहा था।

अरे, मैं कौन सी तंद्रा में चली गई थी ? इस घटना को घटे तो चालीस सालों से ऊपर हो आए थे। पर वह घटना आज भी मेरी आँखों में ताजा बसी थी, बसी भी क्यों न हो राजन के साथ बिताए खुशी के क्षण ही ऐसे थे कि वक्त कैसे गुजर गया कुछ अहसास ही न हुआ ? इधर-उधर नजर उठाकर देखी। बाहर लाइट बंद हो चुकी थी। रिमोट उठाकर उसने खुद ही अपना टी.वी. बंद किया। अब वह पलंग पर थी और हाथ में था मोबाइल। व्हाट्सएप खोलकर देखा आशु ने मदर्स

डे विश किया था, "आइ लव यू मम्मा" सूखी आँखों में कुछ चमक जागी पर यह मैसेज तो सुबह आठ बजे का है और अब रात के नौ बज रहे हैं। अभी तक हैदराबाद से उसका फोन क्यों नहीं आया? शायद बिजी होगा। पर ऐसी व्यस्तता किस काम की, कि अपनी माँ को ही भूल जाए?"

रात को गले में खरास उठी, आसपास नजर उठाकर देखी, पास कोई भी न था। नौकर को सर्वेंट क्वार्टर में फोन करना चाहा पर कुछ सोच पानी पीकर सो गई। तभी फोन की घंटी सुन वह नींद से जाग गई, उधर आशू बोल रहा था "सॉरी मम्मा! आपसे आज बात नहीं कर पाया, क्या करूँ, ऑफिस से लौटने के बाद बच्चे प्रियम् के साथ 'मदर्स डे' मनाना चाहते थे, अतः थोड़ा बिजी हो गया था।"

मैंने भी उसे ओ.के. कहा। अब तक मुझे 'मदर्स डे' मनाने का मतलब कुछ-कुछ समझ में आने लगा था, जहाँ पर आकर मेरी सारी आदर्शवादिता धरी-की-धरी रह गई थी।

□

जहरीले

नागपंचमी के दिन जंगल में घूमते हुए नागिन ने नाग से कहा, "कैसा बुरा समय आ गया है; लोग आज के दिन भी हमें याद नहीं करते!" खिसियाकर नाग बोला, "हमारी तरह कान के बहरे लोगों के हाथों से वैसे भी कौन सिंथेटिक दूध पीना चाहता है।"

"ये मनुष्य हमारे अंदर बसे जहर की बातें करते हैं; कभी अपना जहरीला फन देखा है क्या? हम जहरीले भले ही हो पर प्यार के मामले में हमारा कोई मुकाबला नहीं।" यह कहकर चाँदनी रात में दोनों मस्त होकर एक ही धुन में नाचने लगे।

□

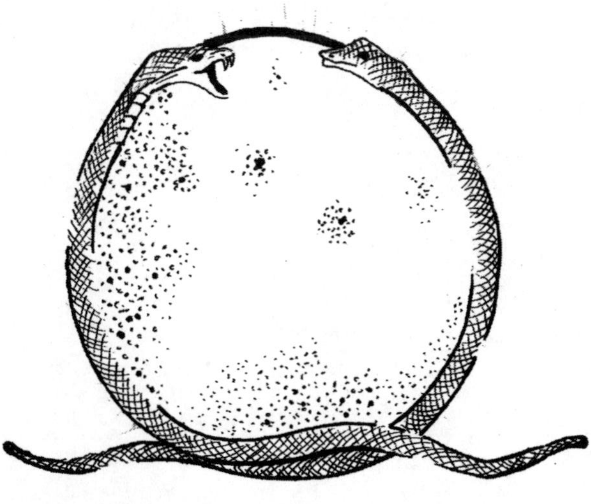

दूध पियाई

बेटे की बारात बाहर खड़ी थी। घर में हर तरफ खुशियों का माहौल था, बैंडबाजे वालो ने गाने की आवाज और तेज कर दी थी। बहनों ने भाई की लूनराई की। बड़े प्रेम से भाई की आरती उतारी। आपस में चुहलबाजी करते हुए भाभियों ने दुल्हे को काजल लगाया और जीजा-फूफा ने सेहरा बाँधा। बैंडबाजे वालों से लेकर नाऊ, बामन तथा नौकर-चाकर सभी इस शुभ घड़ी में अपनी-अपनी न्योछावर माँग रहे थे। तभी हाँफती-दौड़ती बड़ी अम्मा पास आकर एक डिब्बी बेटे की माँ के हाथ में पकड़ाते हुए बोली, "ले बीदनी, छोरा के ब्याह को दूध पियाई को नेग।"

नेग में सोने की चेन पाकर भी बेटे की माँ का चेहरा न खिला। जग हँसाई के डर से चेन तो न लौटाई पर धीमे से बोली अम्माजी··· "बेटों का कर्ज कभी चुकता हुआ है क्या? सच तो यह है कि आजतक मैंने अपने 'फर्ज' पूरे किए हैं फिर यह 'कर्ज' कैसा?" कहते हुए उसने चुपके से चैन अपने पति पीयूष की ओर बढ़ा दी।

□

हम औरतें

बेटों को ब्याहना भी कोई इतना आसान काम नहीं होता, नए-नए अनुभव, नई बातें और ऊपर से पराई बेटियों का साथ। ऊफ! कभी-कभी तो जान ही निकल जाती है। पर ये मर्द हैं कि हम औरतों की समस्याओं को हवा में ही उड़ा देते हैं।

दिव्या अभी नई-नई सास बनी थी। नई बहू नया समायोजन; ऐसे ही एक दिन जब किसी बात पर वह बहू से उलझ गई, तभी उसका पति शरद उसे उलाहना देता हुआ बोला, "तुम्हारी तो आदत ही पड़ गई है हर किसी से उलझने की, पहले माँ के साथ और अब बहू के पीछे पड़ी रहती हो।"

उस वक्त न जाने कितनी सुलझी-अनसुलझी यादें उसकी आँखों के सामने आ गईं, उस समय उसकी भावनाएँ आहत हो चली और देखते-ही-देखते आँखें बरबस टपक पड़ीं। अपमान और आक्रोश में भरकर वह चिल्लाई···

"तुम औरतें ऐसी! तुम औरतें वैसी! कहना बड़ा आसान है, पर तुम्हें क्या? तुम मर्दों को तो हमेशा अपनों के साथ जीना होता है और एक हम हैं कि मरी रहती है बेगानों को अपना बनाने में।" कुछ साँस लेकर आगे वह बोली···"पहले सास-ननदों को अपना बना-बनाकर बेदम हुई और अब बहू के लफड़ों में फँसी हूँ। कहीं भी चैन नहीं। मजा तो तब आता, जब तुम खुद श्वसुर के घर में रहकर, दामाद को बिदा करवाकर लाते और वह दामाद तुम्हारी बेटी से लेकर तुम्हारा व्यापार, तुम्हारा घरबार सब तुमसे ऐंठ कर तुम्हारे स्वभाव में ही सौ कमियाँ निकालता, तब मैं तुमसे पूछती बताओ, तुम मर्द कैसे?" यह कहते हुए वह पास पड़ी आराम कुरसी पर जा गिरी।

□

अजनबी

"तुम किससे सबसे ज्यादा प्यार करते हो, मुझे बताओ ओ! रहस्यमयी मानव। अपने पिता, अपनी माँ, अपने भाई या फिर अपनी बहन से?"

"वह तो सभी करते हैं?"

"फिर, फिर क्या अपने दोस्तों को प्यार करते हो?"

"वह तो मनुष्य का सहज स्वभाव होता है।"

"तो क्या देश तुम्हारे लिए सर्वोपरी?"

"भला, किस भले आदमी को अपने देश पर गर्व न होगा।"

"तो क्या सौंदर्य तुम्हें प्यारा है?"

सौंदर्य वह जो दिव्य और अमर है, उसे तो मैं अवश्य प्यार करूँगा।

"तो क्या स्वर्ण मुद्राओं से करते हो प्यार?"

"स्वर्ण मुद्राओं से तो मुझे उतनी नफरत है, जितनी तुम्हें ईश्वर से।"

"कोई कैसे समझ सकता है अजनबी तुम्हें? बड़े अनोखे प्राणी हो तुम। भला बताओ तो फिर किसको सबसे ज्यादा प्यार करते हो तुम?"

"मैं सुहानी घटाओ से प्यार करता हूँ, साथ ही इधर-इधर गुजरती बदरियाँ भी मुझे बड़ी प्यारी लगती हैं, पर सबसे ज्यादा तो मैं उसे प्यार करता हूँ, जो मुझे प्यार करता हो।"

□

आप कहाँ हैं?

एक व्यक्ति की मृत्यु हो गई कुछ दिनों बाद वह एक ऐसे स्थान पर पहुँच गया, जहाँ पर सभी सुंदर-सुंदर वस्त्र पहने भोग-विलास में डूबे पड़े थे। तभी फरिश्ते सा दिखनेवाला एक व्यक्ति उसके पास पहुँचा उसने कहा, "जिस चीज की आप आज तक कामना करते रहे हैं वे सभी ऐशो-आराम बिना किसी रुकावट के आपके लिए यहाँ उपस्थित हैं, जी भर कर भोग-विलास कीजिए, आपकी कामनानुसार यहाँ कदम-कदम पर ढेरों राग-रंग बिछे पड़े हैं।"

कुछ ही दिनों में वह उसी रंग में रँगने लगा। वह बड़ा खुश था; क्योंकि अपनी सभी दबी हुई कामनाओं को वहाँ उसने पूरा कर लिया था। लेकिन कुछ ही महीनों बाद उसे उस जीवन से ऊबन होने लगी। उसने उस महानुभाव से कहा, "मान्यवर! मेरी जितनी भी कामनाएँ थीं वे सभी यहाँ पर रहकर तृप्त हो चुकी हैं, अब मैं कुछ काम करना चाहता हूँ। भोग-विलासों से मेरा दिल ऊबने लगा है। काम करूँगा तो मेरी उपयोगिता बढ़ेगी, जिससे मैं अपने आत्मविश्वास को कायम रख सकूँगा।"

दिव्यपुरुष बोला, "क्षमा करें श्रीमान्! यहाँ हम केवल आपकी इच्छापूर्ति के लिए उपस्थित हैं, लेकिन किसी तरह का काम करने की अनुमति आपको नहीं दे सकते।" घबराकर वह व्यक्ति बोला, "माना कि मुझे सुख की कामना थी पर इतना भी नहीं चाहता था कि यही सुख मेरे लिए मुसीबत बन जाए, ज्यादा न सही थोड़ा ही सही मुझे हर हाल में काम चाहिए। यदि आप मुझे काम नहीं दे सकते तो मुझे धरती पर भेज दीजिए अथवा मुझे नरक लोक में जाने की अनुमति प्रदान करें। यहाँ पड़े-पड़े तो मेरा दम ही निकल जाएगा।"

और सुबकते हुए वह उस दिव्य पुरुष के चरणों में गिर पड़ा।

□

मोबाइल बाबा

"कुछ समझ में ही नहीं आ रहा है कि करूँ तो क्या करूँ? अपनों से आहत मन कितना बेचैन हो जाता है कि! किसी से कुछ कहते-सुनते ही नहीं बनता···। बाहर वालों से समस्या हो तो अपनों से साझा कर लूँ! पर अपनों से घायल मन का इलाज कहाँ ढूँढ़ूँ?··· व्यथित होकर, कभी-कभी, कुछ पुस्तकों के पन्ने पलट लेती हूँ, या फिर कभी मोबाइल पर सर्फिंग करने लगती हूँ। मन-ही-मन मैं सोच रही थी? 'अकेलेपन को दूर करने का इससे अच्छा इलाज और क्या हो सकता है भला?'

अर्चित के ऑफिस चले जाने के बाद गुमसुम सी आकर मैं अपने बिस्तरों पर जा लेटी और मोबाइल के बटन दबाने लगी, तभी एक मैसेज पर मेरी नजर पड़ी···

"कहीं आपका बेटा आपसे बहस तो नहीं करता?

तो एक काम करें, आप उससे बहस करना छोड़ दें।"

यह मैसेज पढ़कर मैं कुछ सोच में डूब गई, विचारों का प्रवाह बड़ी तेजी से मेरे दिमाग में चल रहा था, कभी मन इस बात को स्वीकार रहा था और कभी दृढ़तापूर्वक नकार रहा था। वैसे अपनी कमियों को स्वीकारना इतना आसान भी नहीं होता, पर आत्मा की आवाज को नकारा भी तो नहीं जा सकता है।··· "तो क्या मैं अर्चित से बहस करती हूँ? शायद इसलिए वह मुझसे इतनी अधिक ऑरग्यूमेंट करता है?"

मैं जानती हूँ कि यह बात सच है, पर मेरे बड़े होने का अहम् सबके सामने इस कड़वे यर्थात् को स्वीकार नहीं कर पा रहा था। पर आज मोबाइल बाबा ने अर्चित और मेरे बीच का माध्यम बनकर, आखिरकार मुझ तक यह बात पहुँचा ही दी।

□

बता जीव बता?

यमदूत ने रास्ते में जीव से पूछा, "रे जीव बता कि तू इतना रुक-रुककर क्यों चल रहा है? क्या तुझे कष्ट है या फिर तुझे वैतरणी नदी पार करने का भय सता रहा है? अथवा चलते-चलते तेरे पैरो में छाले पड़ गए हैं" बता जीव, बता, तुझे भला क्या कष्ट है, जिसकी वजह से तू शिथिल सा दिखाई दे रहा है। माना कि एक दिन ऐसा सभी के साथ होता है, परंतु आज तुम्हारा रुआँसा चेहरा मुझसे देखा नहीं जा रहा है।" उसके कंधों पर हाथ रखकर यह फिर बोला, "क्या तुझे अपने भाई-बंधुओं की याद आ रही है? या फिर अपने बीबी बच्चों की? जिन्हें रोता-बिलखता छोड़कर तू यहाँ मेरे साथ अकेला चला आया है?"

आगे यमदूत बोला, "मैं तो युगों-युगों से आत्मा का परमात्मा से मिलन

करवाने का एक नेक काम करता आया हूँ, फिर भी क्यूँ मेरे आने पर जीव इतना भयभीत हो उठता है? तुम्हीं बताओ मित्र! क्या यह सब देखकर मुझे अच्छा लगता होगा?" अत: मैं तुम्हारे कष्ट का कारण जानना चाहता हूँ कि···क्या राह के काँटे तुम्हारे सुख में बाधक हैं? इतना पूछने पर जीव बुदबुदाया, "नही ऐसा नहीं है, श्रीमान्।" "तो तुम्हारे कष्ट की क्या वजह है? क्या स्वर्ग-नरक की कल्पना कर तुम्हारा मन सिहर रहा है?"

"ऐसा भी नहीं है श्रीमान्, जन्म और मृत्यु का तो चोली-दामन का साथ है।"

"फिर ऐसी क्या बात है? जिस कारण से···" "मुझे पछतावा है कि मैंने इतना बड़ा अपना जीवन व्यर्थ में ही क्यों गँवा दिया" यह कहते हुए वह भारी कदमो से आगे बढ़ चला।

□

वे मासूम

मैं पहली बार जब हिंदू अनाथाश्रम गई। उस दिन वहाँ रहनेवाले मासूमों को देखकर दिल में एक हुक सी उठी। मैं इन बच्चों के बारे में बहुत कुछ जानना चाहती थी कि कौन हैं। ये बच्चे ? कहाँ से आए हैं ? इनके माँ-बाप की क्या पृष्ठभूमि रही होगी ? अब तक मन में संवेदनाओं ने घर बना लिया था। मन में ख्याल आया। कैसे कोई छोड़ सकता है, अपने इन जिगर के टुकड़ों को ? क्या सचमुच, इनसान इतना लाचार हो जाता है ? जैसे न जाने कितने सवालों से घिरी मैं उस पल सोच रही थी कि 'नाथ' तो हम सभी के साथ होते हैं तो ये बच्चे 'अनाथ' कैसे हो सकते हैं ?

तभी मन सें एक आवाज उठी, 'नही! इतने बेबस नहीं हो सकते हैं ये बच्चे।' और भावनाओं में भरकर मैंने एक छोटे बच्चे को कसकर अपनी बाँहों में दबोच लिया।

उन बच्चों की आशा भरी आँखें और मासूमियत मुझे हर बार उनसे मिलने के लिए विचलित करती रहती थी। दिसंबर माह की हाड़ कंपकंपाती ठंड के दिनों में जब दूसरी बार उनसे मिलने मैं अनाथाश्राम गई, तो उनके लिए मैं कोट, टोपियाँ और ऊनी जुराबे लेकर गई थी। रंग-बिरंगी स्वेटर और जुराबे देख वे बच्चे फूले नहीं समा रहे थे। पर मुझे तो उनकी बेबसी व्याकुल किए जा रही थी। फिर यह सोचकर खुद को समझाना चाहा कि यह तो अपना-अपना प्रारब्ध है।

तभी रात के समय अपने बच्चों पर कंबल डालते हुए, मुझे फिर से उन बच्चों का ख्याल हो आया··· "कैसे रहते होंगे ये बच्चे बिना माँ-बाप के ? रात को ऐसे ही उधड़े सो जाते होंगे ? तभी तो उस बच्ची की नाक बह रही थी। गहन

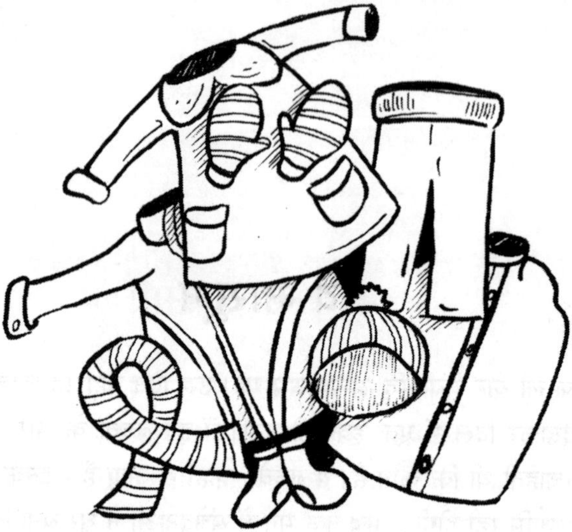

संवेदना के वशीभूत होकर कुछ बेचैन सी हो मैं सोच रही थी। उस बच्चे रेशु का तो शरीर ही ठंड से काँप रहा था। जैसे-जैसे उनको लेकर मेरी सोच प्रबल होती जा रही थी, मेरी उन बच्चों को लेकर व्याकुलता भी बढ़ती चली जा रही थी, मुझे उन माँ-बाप पर गुस्सा आ रहा था, जो इन मासूमों को दुनिया में तन्हा छोड़कर जाने कहाँ चले गए थे। पर उन बच्चों के चेहरों पर तो लिखा था 'कुछ तो मजबूरियाँ रही होंगी उनकी… वरना यों ही कोई अपने कलेजे के टुकड़ों को अलग नहीं करता।" और तभी मैंने उन बच्चों से क्षमा का पहला पाठ सीखा।

□

राम-राम सा!!

एक बिल्ली न जाने कहाँ से हरिद्वार के आश्रम में आकर बस गई। बड़ी विचित्र बिल्ली थी, उसे प्रवचन सुनने का खास शौक था।

गरमी की एक दोपहरी, जब वह सो रही थी तभी; 'धम्म' की आवाज सुनकर उसकी आँखें खुल गईं। तेजी से भागते चूहे को झपट्टा मारकर उसने पकड़ा और देखते-ही-देखते गटक गई। खा-पीकर फिर से जा दुबकी एक ठंडे कोने में। इस प्रकार उसका यह रोज का क्रम बनता जा रहा था।

एक दिन टहलते-टहलते वह पहुँच गई गंगा किनारे और ठंडी हवाओं का मजा लेने लगी, तभी वहाँ जाने कहाँ से जुपिटर डॉगी आ पहुँचा, बिल्ली मौसी

तो अपनी ही धुन में चली जा रही थी, उसे देखकर डॉगी ने एक बार 'भौ-भौ' आवाज की और उसे धर दबोचा। उसके पैरों में जकड़ी मौसी से तो डर के मारे चिल्लाया भी नहीं जा रहा था, पर मन-ही-मन वह कुकुर को कोस अवश्य रही थी कि न जाने कहाँ-कहाँ से चले आते हैं ये राक्षस? जरा भी नहीं सोचते कि मुझमें भी जान है। अचानक! कुछ कराहकर··· "इसकी कैद में जकड़ी मेरी तो जान ही निकल जाएगी, बमुश्किल वह साँस ले पा रही थी और मन-ही-मन ईश्वर से अपनी मुक्ति की प्रार्थना भी करती जा रही थी; तभी किनारे पड़ी रोटी के टुकड़े को देख जुपिटर उसे खाने के लिए झपटा और बिल्ली मौसी तेजी से प्राण बचाकर वहाँ से भागी, उस वक्त जितनी तेज हो सकता था उतनी तेजी से वह भागी चली जा रही थी।

आश्रम के नजदीक आते हुए उस क्षण उसे आत्मज्ञान प्राप्त हुआ कि "यही दुर्दशा तो मैं औरों की करती हूँ, और उन्हें मारकर खा भी जाती हूँ।" मन-ही-मन उसने प्रण लिया कि वह अब से शाकाहारी हो जाएगी। और उसी क्षण अपने पापों का प्रायश्चित्त करने हेतु वह उलटे पैर गंगा में स्नान करने पहुँच गई। हर डुबकी के साथ वह राम-राम का जाप करती जा रही थी। नब्बे, बानबे, पंचानबे, अट्ठानबे कहते हुए वह साथ-साथ राम नाम जपती जा रही थी। आज वह पूरी एक सौ एक डुबकी लगाकर अपने अबतक के सारे पापों का प्रायश्चित्त कर लेना चाहती थी। तभी सौ, फिर एक सौ एक कहते हुए अचानक वह गंगाजी से उछलकर बाहर निकली और सामने दौड़ते हुए चूहे को मुँह से पकड़कर पुन: आश्रम की ओर भाग चली।

□□

निर्दयी माँ

"राम, राम, राम। बड़े बुरे दिन आ गए हैं, अगर माँ ही बच्चे को छज्जे से नीचे फेंक दे तो, फिर कौन से रिश्ते पर भरोसा किया जाए?"

बच्चें के मृत शरीर के पास खड़ी औरतें, मर्द, बच्चे सभी आश्चर्यचकित होकर यह दृश्य देख रहे थे। एक बूढ़ी अम्मा बोली, "कैसी निर्दयी माँ है? ऐसी तो कोई सौतेली माँ भी नहीं होती।"

पास खड़ा व्यक्ति बोला, "भला क्या बिगाड़ा था इस नन्ही जान ने उसका, जो कमीनी इसकी जान लेने पर उतारू हो गई।"

तभी किसी ने कहा, "जरूर लड़की होगी। तभी तो मार डाला।" किसी ने चादर हटाकर देखा तो लड़का देख चकित हो उठे।

तभी मंदिर जाती पुजारिन जरा रुककर बोली··· "आग लगे ऐसी माँ को।"

वहाँ खड़े हजुम के बीच जितनें मुँह उतनी बातें हो रही थीं।··· हर कोई कलयुग को दुहाई दे रहा था।

तभी पास खड़ी पप्पू की मम्मी बोली, "जरूर कोई कलमुई ने मुँह काला किया होगा, जिसको छिपाने के लिए बच्चे को मार डाला। अरे, ऐसा ही था तो पेट में ही अबॉर्शन करवा लेती।"

तभी स्कूटी से जाती हुई मिसेज शैली एक क्षण को रुकी, माहौल का नजारा लेते हुए बोली, "इसीलिए कहती हूँ कि पढ़ाई कितनी जरूरी होती है। मैं देख रही हूँ कि आप सभी इतनी देर से उस माँ को ही दोष दिए जा रहे हैं, अबतक अगर आप सभी मेरे प्रौढ़ शिक्षा केंद्र में आतीं तो आप लोगों का दृष्टिकोण विस्तृत होता और आप जान पातीं कि इस निर्दयता के पीछे किसी

औरत की क्या-क्या मजबूरियाँ हो सकती हैं? पर मुझे अफसोस है कि आप सब औरत होते हुए भी उस माँ का दर्द समझ नहीं पा रही हैं।"

उसकी बात सुन, पास खड़ी मैं किसी प्रकार आँसुओं को सँभालती अपनी कॉलोनी की तरफ भागी; क्योंकि इस बात का राज तो मैंने अपने सीने में दफन कर रखा था।

उस रात···आधी रात के बाद···अचानक; मेरे मोबाइल की घंटी बज उठी थी।··· देखा तो स्वाति का फोन था। मैं तेजी से छज्जे की तरफ चल दी। मैं नहीं चाहती थी कि हमारी बातों से घर में और लोगों की नींद खराब हो। सच पूछो तो मैं अपनी बचपन की सखी के इस राज को राज ही रखना चाहती थी।

उधर उसकी तेज हिचकियों की आवाजें आ रही थीं, वह बोल कम और रो ज्यादा रही थी।···थोड़ी देर बाद जो उसने बोलना शुरू किया··· "सच बताऊँ प्रियम्! किसी से न कहना, जब-जब इस बच्चे को मैं अपनी बाँहों में लेती हूँ तो दिल करता है कि इसे यहीं अपनी बाँहों में दबोच कर मार डालूँ। यह बच्चा मुझे उस बलात्कारी की याद दिलाता है, जिसने न केवल मेरे साथ बलात्कार किया, बल्कि इसे भी मेरी कोख के हवाले कर गया।" भर्राएगले से अपनी दास्ताँ बयान करते हुए वह उस रात फिर से रो पड़ी थी।

"सच प्रियम्! मैं तो ऐसी बदनसीब माँ हूँ कि न तो अपने बच्चे को सहला सकती हूँ; न ही उसे अपनी लोरी सुना सकती हूँ, गाने की कोशिश भी करूँ तो रूलाई फूट पड़ती है।" कहते हुए, वह फिर से रो पड़ी थी। आगे वह बोली, "प्रियम् मुझे न तो उसे अपना दूध पिलाने का दिल करता है और न ही दुलराने का, गोद में लेती हूँ तो लगता है कि उस दुराचारी की निशानी को मार ही डालूँ।" उसकी तकलीफ सुनकर उधर मेरा गला भी भरा आ रहा था। पर इधर से मैं उसे समझाने का निर्थक प्रयास कर रही थी, "बच्चा तो तुम्हारा है, उसनें तुम्हारा क्या बिगाड़ा है?" पर उस क्षण मैं जान रही थी कि यह सब कहकर मैं अपनी शिक्षा और संस्कारों के साथ खिलवाड़ कर रही हूँ। पर आज! आज वह भीड़ की निगाहों में कातिल बनी जाने कहाँ, कहाँ मुँह छुपाए घूम रही थी।

□

बेताल का ताल

राजा विक्रमादित्य एक बार फिर से बेताल को अपने कंधों पर लादकर घने जंगलों की ओर चल पड़े। समय पार करने के लिए उसने राजा को फिर से कहानी सुनाई और अंत में उनसे सवाल किया, "राजन्! कल 'हास्य दिवस' है अतः इस विषय में मैं आपसे जानना चाहता हूँ कि आखिर मूर्ख व्यक्ति कौन होता है?"

"जो कोशिश करता है? या फिर जो बिना कोशिश किए ही हार जाता है?

"जो गलती करता है? या फिर जो गलती के डर से उचित काम से दूरी बना लेता है?

"जो प्रतिदिन नए काम सीखता है? या फिर जो खुद को अकारण ही सर्वज्ञानी समझ बैठता है?

"या फिर ज्ञानी वह है, जो अपने सपनों को पूरा करने के लिए सुरक्षित घेरे से बाहर आता है? या फिर जो कुंठाओं में जीता हुआ कुढ़-कुढ़कर अपनी जिंदगी व्यतीत करता है?

"बताओ राजन! दूसरो को प्यार करनेवाला ज्ञानी है? या फिर वह, जो हमेशा कठोरता का दामन थामे रहता है?

"बताओ राजन! बताओ! असली मूर्ख कौन हो सकता है? यदि जवाब जानकर भी तुमने मेरे प्रश्नों के उत्तर नहीं दिए तो याद रखना···तुम्हारे शरीर के टुकड़े-टुकड़े हो जाएँगे।" यह कह, अपने सवालों के जाल में फँसे राजा को देखकर; वह जोर से हँसा।

उसकी तेज अट्टहास सुन। विद्वान् राजा बोला, "इतने आसान से सवालों

के जवाब तो कोई भी दे सकता है। मैं एक-एक करके आपके सभी प्रश्नों का उत्तर देता हूँ" निस्संदेह कोशिश करनेवाला व्यक्ति ही समझदार होता है। जो व्यक्ति काम बिगड़ने के भय से उचित काम से दूरी बनाए रखता है वह भला

कैसे समझदार हो सकता है? हर दिन नए काम करते हुए जीवन को जीवंत बनाए रखना ही हर हाल में समझदारी है और कुंठाओं में जीना भी भला कोई जीना है?"

राजा का बस इतना भर कहना था कि···बेताल फिर से उड़ता हुआ पेड़ पर जा बैठा। और मैं हड़बड़ाकर जाग उठी।

□

निगाहें

वर्षों के अपने वैवाहिक जीवन के संघर्षों के बाद आज शुभि और शिवम् अपनी पच्चीसवीं सालगिरह मना रहे थे। संधर्षों ने उनके चेहरों की रंगत तो उड़ाई ही थी, पर साथ ही बालों को भी चंदीला कर दिया था।

साथ रहते-रहते पिजड़े के पक्षी से भी प्यार हो जाता है, फिर वे तो आखिकार पति-पत्नी थे।

रात की पार्टी के बाद अपने बेडरूम की खिड़की से झाँकते दोनों अपने जवाँ दिनों की यादें ताजा कर रहे थे, तभी पति ने शुभि को आलिंगनबंद्ध कर कहा, "बताओ प्रिये! अब तो सब अपने हाथों में है, क्या चाहत

है तुम्हारी, तुम्हें हीरो का हार ला दूँ या फिर कुछ रोमांटिक होकर तुम्हारे लिए संगमरमरी ताजमहल बनवा दूँ, या कि उछलकर कुछ रोमांटिक होकर वो बोला—"वह देखो मुसकराता हुआ चाँद तुम्हारे लिए धरती पर ले आऊँ?"

अपने ख्यालों में खोई पत्नी ने चेहरे को वैसे ही नीचे कर कहा, "मुझे चाँद नहीं चाहिए, हो सके तो लौटा दो मुझे मेरी जवानी।"

उस पहली रात के समान आज भी उसकी निगाहें झुकी हुई थीं, फर्क सिर्फ इतना था कि उस समय उन निगाहों में अरमान थे। सुनहरे सपने थे, परंतु आज? आज···उन टूटे हुए सपनों का अक्स उसकी निगाहों में तैर रहा था, जिसे चाहकर भी वह अपनी निगाहों से निकाल नहीं पा रही थी।

□

पत्थर के सनम

"रे तू राम भजन कर प्यारे
तेरी दो दिन की जिंदगानी
काया माया अद्भुत छाया
मूरख मन काहे घबड़ाया
टूट जाएगी साँस की डोरी
फिर क्या है आनी जानी।"

रेडियो F.M. पर बजते हुए इस भजन को सुन रंजनी चाची मंत्रमुग्ध हुए जा रही थी, लेकिन अपनों से घाव खाया श्रेष्ठ गुस्से में कुछ ऊँची आवाज में बोला, "ममा! क्या काया केवल मिट्टी की होती है? नहीं। मुझे तो लगता है कि कुछ लोग जिंदगी की आँच पर कुछ ज्यादा ही पक जाते हैं और अपनों से ही पत्थरों का सा व्यवहार करने लगते हैं।" यह कहता हुआ वह वहाँ से नहाने चला गया।

अभी भी रेडियो में अनवरत भजन बज रहा था।

"रे तू राम भजन कर प्यारे,
तेरी दो दिन की जिंदगानी।"

□

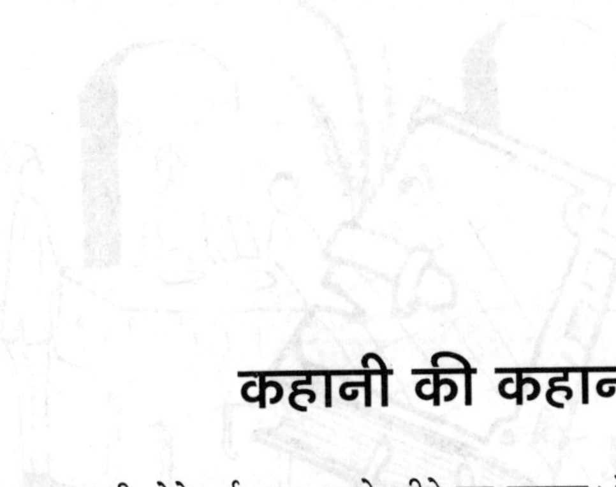

कहानी की कहानी

कहानी लेने गई कुछ खाने-पीने का सामान। रेस्टोरेंट में कम-से-कम एक घंटा लगता, इसलिए वह चल पड़ी फॉस्ट फूड कॉर्नर की ओर, अभी ऑर्डर लेने वेटर आया ही था कि वहाँ पास खड़े कुछ लोगों को 'लघु कथाओं' के बारे में बात करते हुए उसने सुना··· "यार, तुमने उसकी कहानी पढ़ी? क्या कमाल की कहानी थी! कुल दो पैराग्राफ में इतनी गहरी बातें?" एक बोला, "बिल्कुल गागर में सागर उड़ेलकर रख दिया है, लेखिका ने।" तीसरा बोला, "उसकी 'गिद्ध' कहानी तो इतनी मारक है कि कहने को दिल करता है 'सतशैया के तियरे, जो नाविक के तीर, देखन में छोटी लगे, घाव करे गंभीर'। पहली बार पढ़कर लगा कि एक पाउच से भी मन की तृप्ति हो सकती है।"

यह सब सुनकर बड़ी कहानी को अच्छा नहीं लग रहा था, वह तो अपने विस्तार से लोगों को आकर्षित करना चाहती थी, अपनी सार्थकता से लोगों को अवगत कराना चाहती थी तथा अपनी कथागेयता से पाठकों को लुभाना चाहती थी। लेखिका के हर दु:ख-दर्द को अपने में समेट लेना चाहती थी। "पर हाय री किस्मत! यहाँ तो छोटों की तूती बोलती है। बड़ों का तो जानो कोई मान-सम्मान ही नहीं रह गया है यहाँ।" इस विषय को लेकर उस समय उसे बहुत गुस्सा आ रहा था, वह सोच रही थी, "कि जो भाषा-शैली मेरे पास है वह भला इस छुटकी के पास कहाँ? पात्रों का चरित्र-चित्रण मेरे जैसा यह कर सकती है भला? और विषयों के विस्तार में तो यह कहीं से भी मेरी बराबरी नहीं कर सकती है। अभी कुछ ही वर्षों पहले की ही तो बात

है, कौन पूछता था इसको?" थोड़े गुस्से के साथ "लाख जतन कर ले, बड़ी तो हमेशा बड़ी ही रहेगी।" इस प्रकार वह मन-ही-मन बड़बड़ा रही थी।

उधर टेलीविजन पर मैगी का प्रचार आ रहा था "माँ भूख लगी!" "बस दो मिनट मैगी" कहकर माँ बच्चों को समझा रही थी।

तभी बगल की टेबल पर बैठे हुए, कुछ लोगों को उसने बात करते हुए सुना—"बस खाओ-पीओ और खिसको। इतना टाइम किसके पास है, जो घंटे भर रेस्टोरेंट में इंतजार करें। जिंदगी में और भी तो जरूरी काम हैं।"

तभी बड़ी कहानी को अपनी भूल का अहसास हुआ। उसने बदले हुए समय के बहाव को महसूस किया और सोचने लगी, 'अभी तक वह जो कुछ भी सोच रही थी वह उसका अपना दृष्टिकोण था। सच तो यह है कि आज की भागदौड़ भरी जिंदगी में मुझे पढ़ने और समझने के लिए किसी के पास वक्त ही नहीं है। फिर क्यों मैंने अपने अंदर बड़े होने का गुरूर पाल लिया था।" जैसे-जैसे वह सोचती जा रही थी उसका अंतस् सरलता की बूँदों से भीगता जा रहा था। मन में एक ख्याल आया, "अरे मैं तो बड़ी हूँ, मुझे तो अपने बड़प्पन का ख्याल रखना चाहिए" एक गहरी साँस लेकर "क्यों मैं

छोटी को लेकर इतनी ईर्ष्यालु हो गई थी? ठीक ही है; सभी के दिन आते हैं। जो आज छोटा है, वही तो कल बड़ा होता है। मुझे इस सत्य को स्वीकारना चाहिए कि लघुकथाएँ आकार में भले ही छोटी होती हैं पर गुणों से भरी होती हैं। लंबे भाषण तो कोई नेताजी के भी नहीं सुनना चाहता, फिर "मैं तो एक कहानी हूँ।"

□

जानती हो माँ!

नाराज हूँ तुमसे, जबकी तुम्हारी आँखों में तैरते हुए हर सपने को शिद्दत से जिया है मैंने और जब उसकी कामयाबी तुम्हारी आँखों से देखने की बारी आई तो तुम थी ही नहीं··· मेरे पास···।

यों तो कहने के लिए रिश्तों की लंबी फेहरिस्त है मेरे पास···पर अपने मन की छोटी-छोटी बातें भला किससे करूँ? बताओ न माँ···

किसे बताऊँ कि जिंदगी की रेस पूरी करते-करते थक गई हूँ मैं। किससे कहूँ कि थोड़ा सुस्ताने दो मुझे···।

किससे कहूँ कि आज मेरा मन भारी है।··· खुली आँखों से सब भरा-पूरा दिखता है, पर बंद आँखों में सिर्फ तुम्हारा चश्मा, तुम्हारी दवाइयों का डिब्बा, तुम्हारी दी भजन की किताबें, तुम्हारे दिए आदर्श और हौसले और तुम्हारी वह झाँकती सी आँखें (जिसमें मेरी लिए चिंता बसती थी)। बस वही तो दिखती है।··· जी नहीं चाहता कि अपनी आँखे खोलूँ माँ! मैं फिर से तुमको पूरा-का-पूरा पा लेना चाहती हूँ। बहुत दर्द जम गया है मुझमें। एक बार मिल जाओ तो थोड़ा पिघल लूँ।

□

उर्मिला क्यों मौन हो?

उर्मिला तुम्हारे इस मौन ने न जाने कितनी स्त्रियों को सहने का हथियार थमा दिया है। परंतु अब हम तुम्हारे बोलने का इंतजार कर रहे हैं। उर्मिला! अपने मन के शिखर पर जमीं बर्फ की परतों को खोलो और पिघलने दो, इस मौन को, जिसमें न जाने कितनी स्त्रियों की आवाजें तुमने कैद कर रखी हैं। अब वक्त आ गया है अपने मन की आवाज सुनाने का…। बोलो उर्मिला! कुछ तो बोलो!… "बताओ कि तुम क्यों मौन हो?"

□

मदर्स डे

अवीका को सज-सँवरकर बेटे परिणय के साथ सीढ़ियों से उतरकर आते देख नंदिनी के तनबदन में आग लग गई।

तभी बड़ा सा पर्स लहराती वह "मम्मीजी! अभी थोड़ी देर में आती हूँ", कहकर वहाँ से चल पड़ी।

नंदिनी को बहू का यह तरीका बिल्कुल पसंद न आया। अत: अपने मन की भड़ास निकालते हुए पति से बोली, "देखा, सुबह तो कह रही थी कि तबियत ठीक नहीं है, पर टहलने के नाम पर रानीजी की तबीयत ठीक हो जाती है। बेवकूफ समझ रखा है मुझे? सुबह से कुटती-पिसती रहूँ इस बात का तो कोई एहसान ही नहीं। बहुओं को बेटी कहलाना तो बहुत पसंद होता है पर क्या वे भी सास को अपनी माँ समझती हैं?" पति को कुछ बोलते न देख, कुछ उत्तेजित होकर··· "बस, बेटा! बेटा! करते रहो तो खुश।" कहते हुए वह पानी पीने के लिए फ्रिज की ओर बढ़ी। तभी मोबाइल की घंटी सुनकर वह फिर से कमरे की ओर चल पड़ी। उधर से परिणय की आवाज सुनाई दी··· "माँ! अवीका की तबीयत कुछ ठीक नहीं है, उसे चक्कर सा आ रहा है, ऐसा करें कि आप पापा के साथ दूसरी गाड़ी में बैठकर माल रोड तक आ जाएँ।" यह बात सुनकर नंदिनी का गुस्सा कुछ शांत हुआ। पर मन में नकारात्मकता अभी भी बनी हुई थी। अब तो घर पर ताला लगाते हुए, वह पति से कह रही थी, "अब तो सारे दिन बस 'अवी' 'अवी' ही करता रहता है यह परिणय। सचमुच शादी के बाद बेटे माँ के नहीं रह जाते।" तभी मोबाइल की घंटी सुन··· "परिणय 'अवीका' की तबीयत अब कैसी है?" "हाँ माँ! कुछ ठीक हुई है। बस, आप आ जाओ।"

तब तक माल रोड आ गया। मन में कुछ अनिश्चिंता के भाव लिए दोनों पति-पत्नी बच्चों की गाड़ी की ओर बढ़े। बहू पीछे की सीट पर बेसुध सी बैठी थी। आगे की सीट पर अवीक के बगल में बैठती हुई माँ हरबड़ाकर बोली…" क्या हो गया परिणय अवीका को?"

तभी अपने चेहरे की रंगत बदलते हुए, प्यार भरी मुसकान के साथ अवीका उछलकर सासु माँ के गले में बाँहें डालते हुए, "हैप्पी मदर्स डे मम्मा" कहकर उन्हें मदर्स डे विश किया।

परिणय को एक हलकी से चपत लगाते हुए माँ बोली' "यह सब क्या?" फिर अपने दिल की धड़कनों को सँभालते हुए बोली, "अरे, हम तो डर ही गए थे।"

"एक्च्युली वी वॉट टू गिव यू सरप्रराइस" कहते हुए बेटे-बहू एक बार फिर से माँ के गले लगकर बोले, "हैप्पी मदर्स डे मम्मा।"

यह सुन माँ की आँखें खुशी के मार छलछला उठीं और उस पल उसकी सारी नकारात्मकता आँखों के रास्ते बह निकली।

□

रोबोट चाइल्ड

"हैलो...हैलो शेकू! यह बता मैं ऐसा क्यूँ हूँ? क्या तुम्हारी माँ भी कहती है कि तू ऐसा क्यूँ है?" "मेरी माँ तो रोज कहती है कि मैं जैसा हूँ वैसा मुझे नहीं होना चाहिए।"

"पर दोस्त तुम्हीं बताओ, जब मुझे नींद नहीं आती तो मैं कैसे सो जाऊँ?

बिना भूख लगे मैं कैसे खाना खा लूँ? पर माँ कहती है कि मैं जिद्दी हूँ और मैं माँ को तंग करता हूँ।

तुम्हीं बताओ दोस्त जब मुझे गणित अच्छी लगती है, तब मैं अंग्रेजी में कैसे अच्छे नंबर लाऊँ? पर माँ कहती है कि मैं ठीक से पढ़ता नहीं। पर मुझसे घड़ी की सुइयों के साथ उठा-बैठा नहीं जाता। क्या तुम्हारी माँ भी ऐसी ही है? क्या सबकी माँएँ ऐसी ही होती हैं?"

तभी, "चिंटू ओ चिंटू!" की आवाज सुनकर।

"अच्छा, मैं फोन रखता हूँ, नहीं तो माँ कहेगी कि मैं मोबाइल पर बहुत बातें करता हूँ।"

अच्छा दोस्त! बस, जल्दी से एक बात बताओ? क्या तुम्हारी माँ भी तुमसे कहती है कि तुम··जैसे हो वैसे क्यों हो?

तभी "चिंटू! ओ चिंटू!" की आवाज सुन वह रोबोट चाइल्ड माँ की ओर भागा।

□

अजब-गजब कहानी

"ई मिताई को बार-बार का हुई जात है? जै चक्कर कानपुर आओ, खटिया पर पड़ा मिलत है।" कुछ आशंका के साथ··· "कोहनु ऊपरी पराई तो नाही हुई गई है ओके साथ!" फिर कुछ सोचकर··· "कोहनु अच्छे डॉक्टर का दिखाओ, जाने लड़कवा को का हुई जात है बार-बार? इतना बरस बीत गँवा; न कोहनु, कमाई न धमाई, राम जाने? कैसन इका घर चलत है?" गाँव से आए बूढ़े काका ने चिंता जताते हुए उसके भाई समान पड़ोसी मयूर से कहा। फिर बिना एक पल रुके··· "और ओकीमहरिया?" "काका! वह तो मालिक के यहाँ खाना बनाए खातिर गई है।" अफसोस जताते हुए··· "बताओ, आदमी बीमार है और औरत घर-घर धक्के खा रही है।"

तभी मिताई की अधखुली आँखों को देखकर, उसके माथे पर हाथ रख "भईया हो? का हुई गवा? सब चेकप-वेकप करवा तो लिए हो? का बतावा डॉक्टर ने?" एक ही साँस में वह बोल उठा। मिताई फिर से दूसरी तरफ करवट करके लेट गया, जैसे उसे काका के आने का कोई अहसास ही न हो। मन में बहुत कुछ फूट रहा था। अतः चाय पिलाने के बहाने से मयूर उसे वहाँ से उठाकर बाहर ले आया। "पिछली दफा तो तबहुँ ठीक रहा, अबकी तो इका शरीर मा खून ही नाहि दिखाई देत है। भईया हो! इका का हुई गवा?" कुछ रुककर··· "असल बात यह है काका कि···" फिर कुछ सकुचाते हुए···वह बोला··· "छोड़ो हटाओ, काबताएँ तुमका, कोहनु फायदा नाहि है।"

"ई मारे तो हम इतनी दूर से भागे चले आए। नहीं, बता देने से कलेजा हलका हुई जात है। बताओ का बिमारी है ओका?" "उसको कोई बीमारी नहीं

है काका! असल बात यह है कि···उसको पता चल गया है कि उसकी पत्नी के संबंध किसी और के साथ हो गए हैं।"

कुछ उत्तेजित होकर··· "हटाओ साली को, इतना सब क्यों सहता है यह मिताई?" कुछ रुककर··· "छोड़ो कुलच्छिनी को और खत्म करो सारी कहानी।"

"काश! कि वह यह सब कर पाता! असल में अब तो उसकी सेहत इतनी खराब हो चुकी है कि उसे अपनी पत्नी की जरूरत है। उसके बिना तो वह पूरा ही अकेला हो जाएगा।"

"चलो तुम्हारी ही बात मानी पर यह औरतिया उस आदमी के पास क्यों नहीं चली जाती?"

मयूर बोला, "काका! ऐसा भी नहीं हो सकता। मिताई की औरत को डर है कि कहीं वह आदमी उसको दगा न दे दे।"

□

कैसी ये बेचैनियाँ?

"शीशे-शीशे बता क्या अब भी मैं पहले सी जवान और खूबसूरत लगती हूँ।" सबकुछ उगल देनेवाला दर्पण आज मौन है। अलग-अलग मुद्राएँ बनाकर वह खुद को शीशे में निहारती है, तभी किसी की आहट पाकर एक क्षण के लिए रुकती है और आश्वस्त होकर फिर से खुद को शीशे में निहारती है। उसकी आँखों में एक ही सवाल है।" बता शीशे बता ?···" पर शीशा भी बड़ा ज्ञानी है, झूठ वह बोल नहीं सकता। और सच बोलकर वह उसका मन दु:खाना नहीं चाहता, तभी आँखों में उभर आए डार्कसर्कल देखकर वह बेचैन हो उठती है।

तभी टेलीविजन पर नाचती अभिनेत्री को देखकर, 'मुझसे तो यह उम्र में बड़ी ही होगी ? तो फिर मैं बूढ़ी कैसे हो सकती हूँ ?' यह सोच···अलमारी में रखी एंटीऐजिंग क्रीम चेहरे पर मलकर एक बार फिर से खुद को शीशे में निहारती है, और गुनगुनाती हुई बाहर बनी खिड़की के पास जाकर खड़ी हो जाती है। पहाड़ी पर से डूबते हुए सूरज को देखकर तभी उसके मन में ख्याल आया कि डूबते सूरज में जरूर कुछ तो लावण्य होगा, जो इतने सारे लोग दूर-दूर से उसे देखने के लिए आते हैं ? वह सोचती है कि क्या एक आदमी के बिना मेरा कोई वजूद ही नहीं ? यह ख्याल आते ही वह अपने यादों के जंगल में भटकने लगी।

"कितने प्यार से अवि ने मेरे लिए, वह हीरे माणिक का हार बनवाया था मैंचिंग का शोल्डरकट गाउन पहने शादी की उस पच्चीसवीं रात को वह कितनी खूबसूरत लग रही थी। वहाँ आए हर किसी मेहमान की निगाहें बस उसी पर जमी हुई थीं, सचमुच जिंदगी के कुछ पल हमेशा-हमेशा के लिए आँखों में कैद हो जाते है। उम्र कितनी भी हो जाए, परंतु मन की सुंदरता हमेशा बाहरी सुंदरता को मात दे जाती है।··· कुछ मायूस होकर पर, अब तो ये बातें कल रात देखे गए सपने सी हो गई हैं।"

उसने एक बार फिर से खुद को शीशे में निहारा। बालों में घिर आई चाँदनी को छिपाने का निरर्थक प्रयास करते हुए सोचती है, "हाँ आँखों के पास कुछ कालिख आ गई है तो ऐसा करती हूँ कि कल किसी डर्मोलॉजिस्ट से मिल लेती हूँ। अवि को गए तो अब दो सालों से ऊपर होने को आए रो-रोकर तो एक दिन आँखें भी थक जाएँगी फिर मैं नाहक खुद को क्यूँ थकाऊँ।" सोचकर वह कुछ क्षण के लिए पलंग पर लेट गई। उससे अकेलापन काटे नहीं कट रहा था। तभी उसने बगल में पड़े तकिए को अपनी बाँहों में समेट लिया। अवि के जाने के बाद अब वही उसके अकेलेपन का सच्चा साथी हो गया था। तभी उसके मन में ख्याल आया। उसने खुद को प्यार से शीशे में चूमा। कमरे की लाइट धीमी कर आहिस्ता से कुंडी लगाई। अब उसके हाथ में लाल गाउन था और गले में जगमगाता नेकलेस। यादों के खजानो के खुलते ही होंठों पर हलकी सी मुसकान लिए शीशे के सामने पहुँचकर अब वह मुसकरा रही थी।

□

वक्त-वक्त की बातें

"टीनू!" अभी कार से उतरकर मैं होटल की सीढ़ियों की तरफ बढ़ ही रही थी कि अपना नाम सुनकर कुछ ठिठक सी गई। इस अनजान शहर में भला मुझे कौन मेरे बचपन के नाम से पुकार सकता है?

तभी मुझे सामने से आती हुई सीमा दिखाई दी, अब तो मुझे एक-एक कर उसके साथ बिताए सभी क्षण याद आने लगे। स्कूल के दिनों में कितना गुरूर था उसको अपने रंग-रूप तथा पढ़ाई का? हो गई न, अब गोलमटोल। उसे नहीं मालूम कि आज शहर में मेरी क्या पोजीशन है। सुनेगी तो लाइन पर आ जाएगी। अभी मैं यह सोच ही रही थी कि तभी पास आते हुए हाथ हिलाकर, "हाय टीनू" कहते हुए वह मेरे नजदीक आकर खड़ी हो गई। ऐसा लग रहा था कि वह मुझे गले लगा लेना चाहती है। पर मैं भी दाएँ-बाएँ देखने का बहाना बनाकर उसे "हाय हैलो" तक सीमित कर, आज उसे उसकी औकात बता देना चाहती थी। पर वह निर्विकार भाव से मेरे हाथों को जबरदस्ती अपने हाथों में लिए और मुझसे बातें किए जा रही थी।

इतने सालों से तुम्हारा नंबर तलाश रही थी, सोचा एक दिन फेसबुक पर तुझे ढूँढ़ लूँगी पर उससे पहले तो आज तू मुझे मिल ही गई, सच कैसे बीत जाते हैं ये दिन! सचमुच, पुराने दिन याद करने में कितना मजा आता है न? और भी न जाने कितनी बातें वह मुझसे कर लेना चाहती थी और मैं भी बड़प्पन के लबादे के ऊपर सज्जनता की चादर ओढ़ फीकी सी मुसकान उसके सामने बिखेर रही थी।

अब हम पास बने मल्टीप्लेक्स की वी.आई.पी. लिफ्ट के सामने खड़े थे।

उस वक्त मुझे लग रहा था कि शायद आज की शान-शौकत देखकर उसका व्यवहार मेरे प्रति आत्मीय हो चला है पर पिछली उपेक्षाओं को याद कर मन में कुछ कड़वाहट भी थी, पर हम मुसकरा रहे थे।

तभी···सीमा को देखकर लिफ्टमैंन तथा पास खड़े दो और स्टॉफ ने सैल्यूट मारा, अब हम दोनों लिफ्ट के अंदर थे, जब तक मैं उससे कुछ पूछती···वह खुद ही बोली, "चल आज तुझे अपना मॉल दिखाती हूँ हमारा कॉन्ट्रैक्टर बहुत अच्छा था, देख टीनू! पहले से सबकुछ कितना बदल गया है।" अभी वह अपनी बात खत्म भी न कर पाई थी कि कसकर मैंने उसे अपनी बाँहों में भींच लिया।

□

पुर्चियाँ

"यदि माँ सलेक्शन नहीं हुआ तो मैं किसी से नजरे नहीं मिला पाऊँगा। मैं चाहता था कि आप लोग मुझ पर गर्व करें।"

"सॉरी माँ, मैं बहुत प्रेशर में था। मैंने पापा के बहुत पैसे बरबाद किए। खुद से नफरत हो रही है। मेरे पास कोई और रास्ता नहीं है। मैं जा रहा हूँ। 'आई लव यू माँ'। अच्छी पढ़ाई नहीं तो अच्छा कॅरियर नहीं। कॅरियर नहीं तो अच्छा जीवन- साथी नहीं। एक सही स्टैंडिग न होने से सभी कुछ तो खत्म हो जाता है न? माँ!

"बच्चे बड़े होकर माँ-बाप का सहारा बनते हैं और एक मैं हूँ कि इंजीनियरिंग की पढ़ाई के लिए आजतक आप लोगों पर निर्भर हूँ। शर्म आती है

खुद पर जब घर पहुँचने पर आप लोगों को तंगहाली में देखता हूँ और ऊपर से पांइटर का चक्कर? इन सब झमेलों को झेलते हुए, मैं तो बुरी तरह से चकरा गया हूँ। मुझसे अब और सहा नहीं जाता माँ! हो सके तो अपने इस नालायक कायर बेटे को माफ कर देना। पर मैं असहाय हूँ। डर लग रहा है कि कहीं इस बार फिर से फेल न हो जाऊँ!"

"जीवन भर कुंठित होकर जीने से तो मौत ही अच्छी है। कितनी शांति है इसमें! माँ-पापा! मैं शांत होना चाहता हूँ!"

इंजीनियरिंग कॉलेज के हॉस्टल के कमरें में चारों तरफ फैली ये पुर्चियाँ—समाज, परिवार, आकांक्षाओं, पारिवारिक उपेक्षाओं तथा संस्कारों के सामने अनेक सवाल खड़ी कर रही थीं।

□

पर, वह चुप थी

किसी से कोई खास चाहत न थी, फिर भी ससुराल में हरेक को खुश करती एक दिन खुद ही नाखुश होती चली गई। वैसे साथ रहते हुए भी अब तक वह जान गई थी कि इन बेजान पत्थरों से रस निचोड़ा नहीं जा सकता है, पर वह यह बात अच्छी तरह से जानती थी कि घर की इज्जत एक बार घर से निकली तो, सबकुछ मटियामेट होते देर नहीं लगती।

अपनी आँखों में ढेरों सपने बसाकर, दिल में अरमान लिए आई थी वह अपने ससुराल। जीना चाहती थी वह भरपूर जिंदगी, जिसको कहते हैं जिंदगी।

खीज तो घरवालों को रीति-रिवाजों व लेन-देन को लेकर थी, पर वह नाहक ही बेकसूर होते हुए भी नपती चली गई। ससुरालवालों के लिए तो लेन-देन सामाजिक प्रतिष्ठा का सवाल था शायद उनको लगता था कि यही जीवन का अंतिम सत्य है और रीति-रिवाज ? जीवन की बहुमूल्य इनायत! उसे ससुराली मूल्यों से कोई शिकायत न थी पर यह भी नहीं हो सकता कि विवाह की बेदी पर चढ़ते ही अपनी सारी ख्वाहिशों को तिलांजली दे दे और खुद मुर्दा इनसान में तब्दील हो जाए।

कभी-कभी उसे लगता था कि वह एक आग के जंगल में घिरी हुई खड़ी है, जहाँ की हर टहनी टपक-टपक कर उसके अरमानों को जला देना चाहती है। दिनभर की जलती उस आग को वह अपने आँसुओं से बुझाना चाहती थी, पर··· रिश्तों की रगड बड़ी पैनी होती है। दूसरे दिन शाम होते-होते उसके तन-मन की प्यास फिर से भड़क उठती, रोज भड़कती आग को आखिर आँखें भी कब तक बुझातीं, अतः एक दिन आँखों ने भी बरसना बंद कर दिया। किसी ने सच ही

कहा है कि दीवारों के भी कान होते हैं एक रात रोते हुए उसकी हिचकियाँ निकल आईं, उसे लगा कि अब तो घरवालों को उसकी तकलीफ का अहसास होगा, शर्म के मारे कुछ तो झुकेंगे।

पर सुबह सबेरे "यह क्या? रात को ऐसे रो रही थी जैसे कि तुम्हारा कोई मर गया है।" जिठानी की धमकी भरी आवाज सुनाई दी। 'सहानुभूति की जगह जलालत!' यह सोचकर उसका दिलभर आया, उस वक्त आँसू किसी सच्ची सहेली के समान बिना बुलावे ही उससे मिलने को चले आए। मन में एक हुक सी उठी। उसका मन तड़प उठा। वह चिल्लाकर कहना चाहती थी कि··· "हाँ मर गए हैं मेरे सपने, मेरी चाहतें, मेरे अरमान और न्योछावर हो गई है मेरी जवानी इन सड़ी-गली रीति-रिवाजों पर।"

पर दुनियादारी का ख्याल कर वह चुप थी। अफसोस कि लोगों ने उसे उसकी मजबूरी समझा।

□

समोसे की अभिलाषा

एक बड़ी सी कड़ाही में समोसे तले जा रहे थे। उनमें से एक समोसा अपने रंग-रूप में निखार आने से बहुत खुश था। वह उबलते तेल से फुदक-फुदककर इधर-उधर देख रहा था। प्लेट परोसनेवाले लड़के को अपना ईश्वर मानकर उसने मन-ही-मन प्रार्थना की—हे प्रभु, मुझे उस कोने में बैठे प्रेमी-प्रेमिका की प्लेट में मत परोसना। प्रेमिका की प्लेट में तो हरगिज नहीं। वह प्रेमी के सामने नाक सिकोड़कर नखरे दिखाएगी, "मैं नहीं खाऊँगी, तेल की बदबू है। चेहरे पर दाने निकल जाएँगे"··· आदि-आदि कहेगी। और फिर प्रेमी भी अपनी शान दिखाते हुए कहेगा, "नहीं खाना है तो छोड़ दो। बर्गर मँगवा देता हूँ। कोल्ड ड्रिंक लोगी?"

हे प्रभु! मुझे उस सामने टेबल पर बैठे धन्ना सेठ के मोटू बेटे की प्लेट में भी मत रखना। कब से अपनी ललचाई नजरों से इधर ही देख रहा है। डॉक्टर ने उसे ज्यादा घी-तेल खाने से मना किया है। संयम की बातें करेगा, पर चार-पाँच खा ही जाएगा। खाएगा नहीं, मुँह में ठूँसेगा। डकार-पर-डकार लेगा। फिर मेरी क्वालिटी को कोसेगा और सोचने लगेगा कि अब और क्या खाया जाए।

हे प्रभु! दुकान के बाहर दिहाड़ी मजदूर खड़ा है। वह अब तक दो-तीन बार कीमत पूछ चुका है। वह भूखा है। वह मुझे खाना चाहता है, पर पाँच रुपए मुझ पर खर्च करना उसे खल रहा है। फिर भी वह आएगा। भूख से हार कर ही आएगा। वह मुझे देखेगा-परखेगा। तब एक खरीदेगा। भले ही इस खर्च की भरपाई करने के लिए उसे बस के बदले छह मील पैदल चलकर घर लौटना पड़े।

हे प्रभु! तुम मुझे उसे ही खाने को देना। दोने में मुझे लेकर वह उस पीपल के पेड़ के नीचे चला जाएगा। मेरे रंग-रूप को निहारेगा। सुगंध लेगा।

फिर प्यार से थोड़ा सा तोड़कर मुँह में डालेगा। मेरे स्वाद से विह्वल होगा। मुझे खाकर उसके पेट भले ही न भरे, पर मन अवश्य ही परितृप्त होगा। सामने नल होते हुए भी पानी पीकर मेरे स्वाद के एहसास को खोना नहीं चाहेगा। वह मुझे याद रखेगा।

हे प्रभु! तुम समझ रहे हो न, मैं अपने पल भर के जीवन को सार्थक करना चाहता हूँ। तुम मुझे उसी गरीब को देना।

□

24 घंटे नॉन स्टॉप

"हाँ, तो अभी-अभी आपने देखा कि पीड़ित महिला किस तरह से काम करके शाम को खेतों से लौट रही थी कि तभी··· चार बदमाशों ने चारों ओर से आकर उसे दबोच लिया और यह देखिए! खेत और इसी झाड़ी के पीछे रखे मिले थे महिला के कपड़े। और यह देखिए, यही है वह संकरी पगडंडी, जहाँ से वे बदमाश चलकर आए थे।··· और यह है वह आम का बगीचा। और यह है।" कहते हुए टी.वी. एंकर मौका-ए-बारदात पर घटना बड़े जोर-शोर के साथ बता रहा था। और इधर चौबीस घंटे पेट भरने के लिए चैनल वालों को डबलरोटी का एक बड़ा सा टुकड़ा मिल गया था, जिसे कुतर-कुतरकर उन्हें रात भर खाना था।

तभी हाथ में माइक लिए प्रस्तोता फिर से टी.वी. पर प्रकट हुआ।··· "और कुछ ही समय बाद स्थानीय पुलिस ने वहाँ पर पहुँचकर वारदात से संबंधित छानबीन शुरू कर दी। बहरहाल इस विषय पर छानबीन करके हम आपके सामने फिर से हाजिर होते हैं।"

स्टूडियो से··· "बिल्कुल प्रसून,आप बने रहिए वही पर"··· सीधे प्रसारण को बीच में रोकते हुए स्टूड़ियो में बैठे सूत्रधार ने संवाददाता से कहा। फिर दर्शकों की ओर मुखातिब होकर बोला, "अभी आप कहीं जाइएगा नहीं। आगे हम जानेंगे कि किस प्रकार पीड़ित दलित महिला ने बहादुरी के साथ अकेले बदमाशों का सामना किया, लेकिन अपनी आबरू बचाने में नाकामयाब रही, प्रशासन एवं राजनेताओं से भी जानेंगे कि आखिर ऐसी घटनाओं के पीछे क्या कारण है और साथ ही जानेंगे कि दिन-प्रतिदिन होनेवाली ऐसी घटनाओं को रोकने के लिए

उनके स्तर से क्या प्रयास किए जा रहे हैं, लेकिन फिलहाल लेते हैं एक छोटा सा ब्रेक।"··· कुछ देर बाद खेत में माइक लिए संवाददाता बता रहा था।··· "हाँ, तो यही है वह जगह और यही से निकलकर वह अपराधी भागे थे। कुछ लोग इस घटना को व्यक्तिगत दुश्मनी से जोड़कर देख रहे हैं तो कुछ महिला के चरित्र पर सवाल उठा रहे हैं। वजह चाहे जो भी हो, परंतु इस घटना के बाद समाज के सामने एक बहुत बड़ा प्रश्न-चिह्न खड़ा हो जाता है कि आज भी हमारी बहन-बेटियाँ सुरक्षित हैं भी कि नहीं या फिर यों ही भेड़ियों के हाथों दरिंदगी का शिकार होकर मरती रहेंगी? ऐसे ही ढेर सारे सवालों का जवाब लेकर हम शीघ्र ही आपके सामने उपस्थित होते हैं···।

दर्शकों को चबाने के लिए एक और च्युंगम देकर समाचारवाचक एवं संवाददाता फिर एक बार स्क्रीन से अंतर्ध्यान हो गए।

कुछ ही क्षणों में टी.वी. के परदे पर एक अभिनेत्री साबुन बेचने के लिए बड़ी नजाकत से अपनी देह सहला रही थी।

समाज के ऐसे हालात देख मेरा मुँह सूखने लगा और पानी पीने की गरज से मैंने छोटू को पुकारा पर जनाब रात दस बजते ही वहाँ से नदारत थे। झख मारकर

रसोई में जाकर फ्रिज से पानी निकालकर पीया। तभी बिल्ली के कूदने की आवाज सुनकर दलान में झाँका तो किशोर उम्र के उस छोटू को बड़ी तल्लीनता के साथ हाथ में मोबाइल लिए वक्त से पहले बड़ा हुआ पाया और सुबह उठते ही मैंने बिना कुछ कहे उसका मोबाइल छुपाकर अपने पास रख लिया।

पर मैं 24 घंटे नानस्टॉप का क्या करूँ? सवाल यह है कि ऐसे अनेक छोटूओं का क्या किया जाए, जो आज के इलेक्ट्रॉनिक युग में वक्त से पहले ही बड़े हो जाते हैं? यह सोचते हुए मैं फिर से टी.वी. के पास जाकर खड़ा हो गया, रिमोट से चैनल बदलना चाहा तो फिर से वही खेत, वही स्टूडियो में बैठा आदमी और उस पर सवाल–जवाब चल रहे थे।

आखिरकार तंग आकर मैंने टी.वी. बंद करने के लिए रिमोट का बटन दबा दिया।

□

खनक

बत्ती बुझाकर वह अपने बिस्तर पर लेट गई। उसे किसी के घुँघरुओं के खनकने की आवाज सुनाई दी, एक बार तो उसे लगा कि शायद यह उसका वहम् है। पर बाद में उसे यह आवाज रोज सुनाई देने लगी। सचमुच! हर रोज वह आवाज उसके आसपास ही कहीं से आती थी। तभी उसकी आँखों में खुमारी उतरी और वह गहरी नींद में जा समाई।··· देखती क्या है कि तीन देवियाँ एक-एक कर उसके घर के मुख्यद्वार से बाहर जा रही हैं। लपककर उसनें उन्हें पकड़ना चाहा, पर वे तेजी से मुख्यद्वार की ओर चल पड़ीं। उसने उन्हें पुकारा

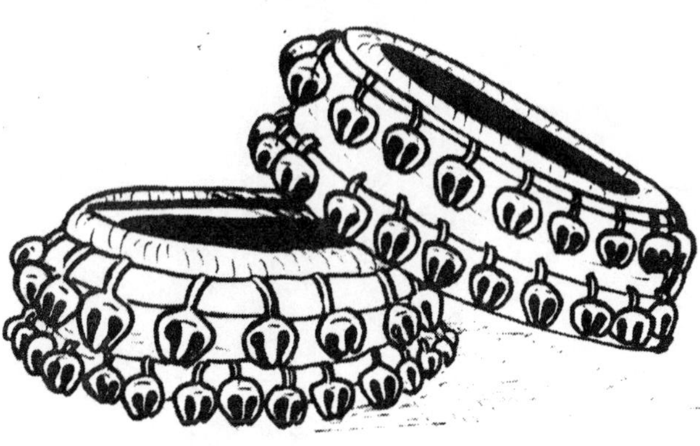

और पूछा, "कहाँ जा रही हैं आप सब लोग?" फिर से पुकारा और गुहार लगाई··· "नहीं जा सकती हैं आप मुझे छोड़कर"···

देवियों में से एक ने जवाब दिया··· "नहीं, हम नहीं रुक सकती हैं यहाँ। तुम्हारे घर पर अब हमारा दम घुटता है। तुम्हारे घर के लोग हर दिन कलेश किया करते हैं, कोई किसी का सम्मान नहीं करता। अतः अब हमें यहाँ से जाना ही होगा।" दौड़कर उसने माँ लक्ष्मी का हाथ पकड़ना चाहा, वे बोली··· "मै तो सबसे पहले जाऊँगी", सरस्वतीजी के सामने वह गिड़गिड़ाई माँ बोली, "जहाँ आचार-विचार अच्छे न हों वहाँ मैं कभी ठहरी हूँ भला?···"

उसे घुँघरुओं की आवाजें दूर जाती सुनाई दे रही थीं। पागलों के समान वह रोती हुई उस दिशा में भागती है, परंतु सामने अंधकार के अलावा और कुछ न था।

□

अमृतपान

गाँव में बाढ़ आई हुई थी, गंगा का पानी गंगा रेती को पार करता हुआ बड़ी भीषण तरीके से आसपास के गाँवों को अपनी लहरों में समेटता हुआ आगे बढ़ता जा रहा था। सात साल के बेटे को कमर पर उठाए; दूसरे हाथ से गृहस्थी का सामान बटोरे, सुखई अपनी बीस दिनों की जच्चा पत्नी तथा नन्हें बच्चे को किसी तरह सभाँलते हुए गाँववालों से खचाखच भरी नाव में जैसे-तैसे जा बैठा। उस पार जाते-जाते फिर से काली बदरी घिर आई, आज तो आकाशी बिजली तांड़व करने के लिए बड़ी जोर से मचलती दिखाई दे रही थी, पार होते-होते अँधेरा भी छाने लगा था, अब तक तो सुखना भी थकने लगी थी, दोनों बच्चों का हाल भूख से बेहाल था तो ऐसे कठिन समय में सुखई अपने बारे में क्या कहता? वह तो किसी खाली कुटिया की तलाश में तेज कदमों से आगे बढ़ा जा रहा था, उसे देखकर ऐसा लग रहा था कि किसी राजा के समान उसे किसी दूसरे राजा का किला फतह करना है।

सामने दिखाई दे रही एक टूटी-फूटी कुटिया को देखकर उसकी जान-में-जान आई, बड़ी आस से उसने दरवाजा खटखटाया; बहुत देर तक कोई जवाब न पाकर, माचिस की तीली जलाकर उसने दरवाजा ठेला, अंदर का दृश्य देख उसके पाँव ड्योढ़ी पर ही ठिठक गए, एक आदमी सूखा रोग से ग्रसित बीमारी की हालत में भूखा-प्यासा अंदर अकेला पड़ा लंबी-लंबी साँसें ले रहा था पर कोई दूसरा ठौर न देख उस रात उन्होंने वहीं बिताने की ठान ली। अब तक बच्चे बुरी तरह से भूख से बिलबिलाने लगे थे।

चूल्हा जलाने की खातिर लकड़ियाँ बिनने के लिए सुखई पत्नी-बच्चों को

वही झोंपड़ी में छोड़ जल्दी से दौड़ पड़ा।

अब तक सुखना नवशिशु को अपने दूध से लगा चुकी थी, थकावट के मारे बेटे की भी आँखें रह-रहकर बंद हुए जा रही थीं। तभी उस आदमी के प्यास के मारे कराहने की अवाज सुनकर वह चौंकी, बड़ी मुश्किल से मोमबत्ती की रोशनी में नजर घुमाई तो कहीं भी पानी का घड़ा पड़ा हुआ दिखाई नहीं दिया। प्यास के मारे तो उसका भी गला सूखा जा रहा था। आदमी ने किसी तरह करवट बदली और कुछ तेजी से फिर से कराह उठा। ऐसा लगता था कि उसे बाहरी लोगों का झोंपड़ी में होने का अहसास को गया था बराबर आती उसके कराहने की आवाज सुनकर सुखिया से रहा न गया, उसके मन में गहरी करुणा जाग उठी; उसकी प्राण रक्षा के लिए अपना अमृतपान करवाने का प्रण ले डाला। □

हर बार फौजी ही क्यों?

पाकिस्तान बॉर्डर पर मोरचा लेते हुए, शहीद सुशांत सिंह की बिटिया पिता के दाह-संस्कार के समय बिलख-बिलखकर रो रही थी। उस समय वहाँ उसे देखकर हर किसी की आँखों में आँसू भरे आ रहे थे; फिर भी हम सभी किसी प्रकार से खुद को सँभालने का प्रयास कर रहे थे। कुछ होश आने पर छोटे भाई की अंगुली पकड़े अपने बहते हुए आँसुओं के साथ गृहमंत्रीजी के समीप जाकर, सिसकती हुई वह बच्ची बड़े दर्दनाक तरीके से पूछ रही थी—"सरजी, बताइए न, हर बार सिपाही के बच्चे ही क्यों रोते हैं?" और यह कहते हुए अचेत हो वह पथराई सी आँखें लिए अपनी माँ की गोद में जा पड़ी। थोड़ी देर बाद होश आने पर वह फिर से उसी सवाल को दोहराते हुए···अपने भाई को सीने से लगाकर बिलख-बिलखकर रोने लगी।

ऐसा दर्दनाक मंजर देखकर, वहाँ खड़े सभी लोगों की आँखों में से आँसू बह निकले। □

मिठास या खटास?

"जीवन में ज्यादा मिठास अच्छी नहीं होती है राजा! जहाँ मिठास होती है वहीं पर तो खटास होती है, यह बदले हुए समय का तकाजा है। इसीलिए कहता हूँ प्यारे कि तुम भी मेरी तरह मजबूत व हिम्मती बनो वरना यों ही पेरे जाओगे कि तुम्हारा नामोनिशान भी न रहेगा। ज्यादा मीठे हो तभी तो लोग तुम्हारे अंग-अंग पर हँसिये से वार करते हैं और पूरा-का-पूरा चूस डालते हैं और तो और तुम्हारी बोटी-बोटी काटकर गँडेरिया बनाकर चबा डालते हैं।"

लाठी की यह बात सुन, एक क्षण तो गन्ना मायूस हुआ, पर अगले ही क्षण कुछ सोचकर बोला—"माना कि मेरी मिठास से आज लोगों को परहेज है, पर यह भी सच है कि मैं तुम्हारी तरह सूखा व कड़ुवा नहीं बन सकता, मैं तो अपनी बहुउपयोगिता से बहुत खुश हूँ, चाहो तो खाओ या फिर चबा-चबाकर दाँतों को मजबूत बनाओ।" कुछ भावुक होकर वो बोला, "अरे, मेरा तो रेशा-रेशा ही जनहित के काम में आता है। रही बात मिठास या खटास की, तो यह तो प्रयोग करने के तरीके-तरीके पर निर्भर करता है, अगर गुड़ बनूँगा तो औषधीय गुणों से युक्त हो जाऊँगा। चीनी बन चमककर खुद पर इतराऊँगा। आलसी बन पड़ा रहूँगा तो एक दिन सूख जाऊँगा और अगर किसी के द्वारा पेर कर रस बना दिया जाऊँगा पर, फालतू पड़ा रहूँगा तो खटाना तो है ही। पर सौभाग्यवश यदि किसी सुघड़ गृहिणी के हाथों लगकर, फ्रिज में रख दिया जाऊँगा तो मेरे गुण और मिठास दोनों ही बरकरार रहेगी, यह तो अपना-अपना प्रारब्ध है दोस्त! कि किसको क्या मिला या कि क्या मिलेगा?"

□

कविता की माँ

"अरे, यह तो डिप्रेशन में है इसलिए अटरम्-पटरम् कविताएँ लिखकर अपने गम भुलाती रहती है।"

उड़ती-उड़ती जब यह बात अरूणिमा के कानों तक पहुँची उसका दुःख और हरा हो आया, चेहरे पर दुःख और विषाद के बादल गहरा गए तथा उसका रक्तवर्ण चेहरा क्रोध और अपमान की ज्वाला से और भी लाल हो उठा। वह तो किसी तरह तिनके-तिनके जिंदगी को सँवार रही थी पर यह दुष्ट क्या अनर्गल प्रलाप किया करता है? यह सब सोंच, उसकी पीड़ा फिर से उभर आई थी। अगली दफा जब उसने उसे कहते सुना—"कविता नहीं यह तो टूटे दिल की पुकार लगती है" किसी ने इसे प्यार में धोखा दे दिया है और यह बन बैठी 'हीर'। "अबकी बार कहनेवाले के मुँह पर तमाचा मार वह चिल्ला पड़ी" 'हाँ' डिप्रेशन में हूँ मैं। पर, पर तुम लोगों की तरह सेप्रेशन में रहकर समाज विरोधी तथा घर तोड़नेवाली बातें तो नहीं करती, गनीमत है कि मैं क्रिएशन कर समाज में कुछ सार्थक करने की हिम्मत रखती हूँ।" आगे वह बोली···"दम है तो निशाचर बुद्धि तुम लोग भी कूद पड़ो इस सृजन कुंड में आहुति देने। पर नही; तुम लोगों को तो तोड़-फोड़ ही मचानी है। मचाते रहो शोर। मैं तो बस इतना जानती हूँ कि कविता रचकर मैं तो ईश्वर की आराधना कर रही हूँ।"

□

लकीरें

रात बारह बजने को आए पर श्रेष्ठ अभी भी टी.वी. को पकड़े बैठा था, अभी पिछले हफ्ते ही तो उसका सिविल सेवा परीक्षा का परिणाम आया था। पहले पेपर में ऑल इंडिया दसवीं रैंकिग के बाद, मेंस तक न पहुँच पाना श्रेष्ठ के लिए वाकई चौका देनेवाली एक दुखद घटना थी। मन बेचैन था किसी तरह खुद को सँभाले, वह अभी भी टेलीविजन के सामने बैठा हुआ था।···

परदे पर एक फकीर गा रहा था।···

"हाथो की चंद लकीरों का, सब खेल है यह तकदीरों का"

यह देखकर व्यथित होकर वह सोचने लगा—'क्या मेरी मेहनत का कोई मोल ही नहीं है? क्या भाग्य ही इनसान की जिंदगी तय करता है? तो बेकार

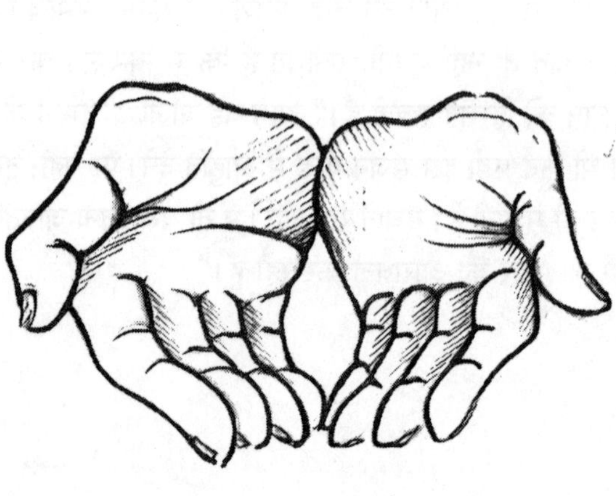

है, इतनी मेहनत करना, परीक्षा में सफल होने के लिए दो सालों तक तो जी-जान से मेहनत की अब इससे ज्यादा मेहनत मुझसे नहीं की जाती। इस विषय पर वह जितना ज्यादा सोचता जा रहा था उतना ही अवसाद ग्रस्त होता जा रहा था। तभी हथेलियों को सामने की तरफ लाकर "ये हाथ की लकीरें भी बड़ी अजीब होती हैं, जो इनसान की मुट्ठी में तो रहती हैं, पर काबू में नहीं रहती।' " कहकर उसने कसकर अपनी दोनों मुट्ठियाँ भींच लीं। टी.वी. पर अभी भी गाना बज रहा था।...

"मैं मालिक अपनी किस्मत का मैं बंदा अपनी हिम्मत का"

तभी उसकी माँ ने कमरे में प्रवेश किया...बेटे को इस तरह परेशान हाल में देखकर माँ ने उसकी हथेलियों को चूमते हुए कहा, "परेशान न हो श्रेष्ठ, भगवान् के घर देर है पर अँधेर नहीं।" आज हम पीर फकीरों के सामने आपनी हथेलियाँ फैलाते हैं पर जब भाग्य जगता है तो इस डर के मारे मुट्ठी बंद कर लेते हैं कि कहीं किसी की नजर न लग जाए।" बस यही तो सब खेल होते हैं जिंदगी के और जिंदगी चलती है लकीरों की पटरियों पर।

□

तोड़ियाँ

"बेटा ये तोड़ियाँ और ये पायल कल तुम्हारे यहाँ से ले गए रहे; लड़कवा की शादी कुछ समय के लिए टल गई है सो एका वापिस कर के हमारा पैसा दे दो, (हाथ जोड़ते हुए) बड़ी मेहरबानी होगी।"

"शादी तो आगे होगी, तब काम आ जाएगा जेवर।" "अब जाने कब हो," फिर मिन्नत करते हुए, "दे दो बेटा, तुम्हारा भला होगा।"

उस वृद्ध को देखकर मेरे मन में न जाने क्यों करुणा जाग रही थी।

जेवर के दुकानदार ने अपने माल को टंच करते हुए; बिना कुछ कहे; दराज से रुपए निकालकर उसे वापस कर दिए। अब तक मेरा भी काम पूरा हो गया था मैं भी दुकान से उठकर उस बुजुर्ग के पीछे हो ली।

मौके की बात थी कि हम दोनों एक ही टैंपो में जा बैठे। आज न जाने क्यों टैंपो में ड्राइवर और क्लीनर के अलावा मैं और वह अनजान वृद्ध ही थे, घर जाने की जल्दी थी। एक बुजुर्ग का साथ पा मैंने राहत की साँस ली।

मन-ही-मन उस बात को याद कर मैं सोच रही थी एक तो शादियाँ होना ही आजकल इतना मुश्किल ऊपर से कहीं शादी टूट जाए तो और मुसीबत, न जाने क्या वजह रही होगी बेचारे बूढ़े आदमी की।

तभी उसके कुरते की जेब में रखा मोबाइल बज उठा। घंटी की आवाज सुन अब तक खिड़की से झाँकते हुए मेरी भी तंद्रा भंग हो चुकी थी, उधर से जोर-जोर से किसी बुजुर्ग महिला के बोलने की आवाज आ रही थी। ध्यान लगाने पर मैंने सुना—

महिला—"वापिस ले लिहिन?"

"वृद्ध—और का, हमहू कोहनू कच्ची गोली थोड़ी न खेली हैं।"

महिला—"चलो अच्छा हुआ; फलदान का सब खर्चा निपट जाई, 'चौंक कर' पर ऊँ झुमकी तो तुम यँही छोड़ गए।"

वृद्ध—"अबहि और जरूरत पड़ी तब देखी जाई।"

महिला—"बड़े हुसियार बनत रहे, नगद दे माँ ओकी नानी मरत रही, अब देखो हमार हुशियारी। दहेज मा नगद माँगते तो जेल जाते, चलो इत्ते माँ जान छूटी।"

वृद्ध (कुछ फुसफुसाकर)—"कोहून को पता चली, तब बिरादरी मा बड़ी बदनामी होई।"

महिला (चालाकी के साथ)—"का कहा? ब्याह के घर माँ तो चोरी चपाटी हुई जात है, ओका हम का करे?"

हाँलाकि मुझे शहरी समझ वे धीरे-धीरे बातें कर रहे थे पर दीवारों के भी तो कान होते हैं; कान देने पर अब तक मैं उनकी सब कहानी समझ चुकी थी।

अब मेरे मन में उनके लिए करुणा की जगह घृणा पैदा हो रही थी। वे जिस बात को चालाकी समझ रहे थे मेरे लिहाज से वह उनका कमीनापन था।

□

शुक्रिया

इतनी शिद्दत से आपने मेरी इस पुस्तक को आखिरी पन्ने तक पढ़ा और स्वीकार किया इसके लिए शुक्रिया तहेदिल से!

यह तो शुरुआत है, ट्वीट-ट्वीट करती ये कहानियाँ फिर से एक बार आपके पास आकर चहकना चाहती हैं।

दोस्तो, यह तो अर्ध विराम है।
पर, सफर अभी जारी है।

□□□